Ménalque p. 106

"Michel" p. 116

André Gide

L'immoraliste

Mercure de France

André Gide naît à Paris le 22 novembre 1869, au 19 de la rue de Médicis, d'un père protestant cévenol qui enseigne le droit romain et d'une mère catholique normande. Son oncle est le célèbre économiste Charles Gide. Son père meurt alors qu'il a onze ans, et sa santé fragile fait que ses études sont irrégulières. Très vite passionné par la poésie et la littérature, il se trouve des compagnons qui partagent son enthousiasme : Pierre Louÿs, Franc-Nohain, Valéry. En 1891, il publie, sans le signer et à ses frais, *Les Cahiers d'André Walter*, qu'il condamne bientôt au pilon, ne gardant que les exemplaires de luxe. Suivent *Le Traité du Narcisse, Les Poésies d'André Walter, La Tentative amoureuse*. Vers cette époque aussi, il commence à voyager : Afrique du Nord, Afrique centrale, Italie. Sa mère meurt en 1895 et, peu de temps après, il épouse sa cousine Madeleine Roudeaux.

Les Nourritures terrestres paraît en 1897 et deviendra la bible de plusieurs générations. Alors commence vraiment une carrière littéraire dont les œuvres les plus marquantes sont *L'Immoraliste* (1902), *Les Caves du Vatican* (1914), *La Symphonie pastorale* (1919), *Si le grain ne meurt* (1921) et *Les Faux-monnayeurs* (1925). Il sera le premier écrivain vivant à entrer dans la collection de La Pléiade, avec son *Journal* (1939). Il a d'ailleurs été, avec Jacques Copeau, Jean Schlumberger et André Ruyters, un des fondateurs de *La Nouvelle Revue Française*, revue qui allait bientôt dominer la scène littéraire et devenir, avec l'arrivée de Gaston Gallimard, la maison d'édition que l'on sait.

Parallèlement, il fait preuve d'audace et de courage en parlant de façon nouvelle de la justice — *Souvenirs de la cour d'assises* (1914) —, de l'homosexualité — *Corydon* (1924) —, du colonialisme — *Voyage au Congo* et *Le retour du Tchad* (1928). Engagé politiquement à gauche, il rompt spectaculairement avec le communisme par son *Retour de l'U.R.S.S.* (1936).

Il a été aussi, pour de grands écrivains étrangers, un traducteur et un propagandiste qui a mieux fait connaître aux Français Shakespeare, Conrad, Dostoïevski, Whitman, Tagore ou Blake.

André Gide a reçu le prix Nobel en 1947. Il est mort le 19 février 1951 au soir, dans son domicile de la rue Vaneau.

Je te loue, ô mon Dieu, de ce que tu m'as fait créature si admirable.

PSAUMES, CXXXIX, 14

À HENRI GHÉON
son franc camarade
A. G.

PRÉFACE

Je donne ce livre pour ce qu'il vaut. C'est un fruit plein de cendre amère ; il est pareil aux "gourds" *coloquintes du désert qui croissent aux endroits calcinés et ne présentent à la soif qu'une plus atroce brûlure, mais sur le sable d'or ne sont pas sans beauté.*

Que si j'avais donné mon héros pour exemple, il faut convenir que j'aurais bien mal réussi ; les quelques rares qui voulurent bien s'intéresser à l'aventure de Michel, ce fut pour le honnir de toute la force de leur bonté. Je n'avais pas en vain orné de tant de vertus Marceline ; on ne pardonnait pas à Michel de ne pas la préférer à soi.

Que si j'avais donné ce livre pour un acte d'accusation contre Michel, je n'aurais guère réussi davantage, car nul ne me sut gré de l'indignation qu'il ressentait contre mon héros ; cette indignation, il semblait qu'on la ressentît malgré moi ; de Michel elle débordait sur moi-même ; pour un peu l'on voulait me confondre avec lui.

9

Mais je n'ai voulu faire en ce livre non plus acte d'accusation qu'apologie, et me suis gardé de juger. Le public ne pardonne plus aujourd'hui que l'auteur, après l'action qu'il peint, ne se déclare pas pour ou contre ; bien plus, au cours même du drame on voudrait qu'il prît parti, qu'il se prononçât nettement soit pour Alceste, soit pour Philinte, pour Hamlet ou pour Ophélie pour Faust ou pour Marguerite, pour Adam ou pour Jéhovah. Je ne prétends pas, certes, que la neutralité (j'allais dire : l'indécision*) soit signe sûr d'un grand esprit ; mais je crois que maints grands esprits ont beaucoup répugné à... conclure — et que bien poser un problème n'est pas le supposer d'avance résolu.*

C'est à contrecœur que j'emploie ici le mot « problème ». A vrai dire, en art, il n'y a pas de problèmes — dont l'œuvre d'art ne soit la suffisante solution.

Si par « problème » on entend « drame », dirai-je que celui que ce livre raconte, pour se jouer en l'âme même de mon héros, n'en est pas moins trop général pour rester circonscrit dans sa singulière aventure. Je n'ai pas la prétention d'avoir inventé ce « problème » ; il existait avant mon livre ; que Michel triomphe ou succombe, le « problème » continue d'être, et l'auteur ne propose comme acquis ni le triomphe, ni la défaite.

Que si quelques esprits distingués n'ont consenti de voir en ce drame que l'exposé d'un cas bizarre, et en son héros qu'un malade ; s'ils ont méconnu que quelques idées très pressantes et d'intérêt très général pussent cependant l'habi-

ter — la faute n'en est pas à ces idées ou à ce drame, mais à l'auteur, et j'entends : à sa maladresse — encore qu'il ait mis dans ce livre toute sa passion, toutes ses larmes et tout son soin. Mais l'intérêt réel d'une œuvre et celui que le public d'un jour y porte, ce sont deux choses très différentes. On peut sans trop de fatuité, je crois, préférer risquer de n'intéresser point le premier jour, avec des choses intéressantes — que passionner sans lendemain un public friand de fadaises.

Au demeurant, je n'ai cherché de rien prouver, mais de bien peindre et d'éclairer bien ma peinture.

A Monsieur D. R.
Président du Conseil

Sidi b. M. 30 juillet 189.

Oui, tu le pensais bien : Michel nous a parlé, mon cher frère. Le récit qu'il nous fit, le voici. Tu l'avais demandé ; je te l'avais promis ; mais à l'instant de l'envoyer, j'hésite encore, et plus je le relis et plus il me paraît affreux. Ah ! que vas-tu penser de notre ami ? D'ailleurs qu'en pensé-je moi-même ?... Le réprouverons-nous simplement, niant qu'on puisse tourner à bien des facultés qui se manifestent cruelles ? — Mais il en est plus d'un aujourd'hui, je le crains, qui oserait en ce récit se reconnaître. Saura-t-on inventer l'emploi de tant d'intelligence et de force — ou refuser à tout cela droit de cité ?

En quoi Michel peut-il servir l'État ? J'avoue que je l'ignore... Il lui faut une occupation. La haute position que t'ont value tes grands mérites, le pouvoir que tu tiens, permettront-ils de la trouver ? — Hâte-toi. Michel est dévoué : il l'est encore : il ne le sera bientôt plus qu'à lui-même.

Je t'écris sous un azur parfait; depuis les douze jours que Denis, Daniel et moi sommes ici, pas un nuage, pas une diminution de soleil. Michel dit que le ciel est pur depuis deux mois.

Je ne suis ni triste, ni gai; l'air d'ici vous emplit d'une exaltation très vague et vous fait connaître un état qui paraît aussi loin de la gaieté que de la peine; peut-être que c'est le bonheur.

Nous restons auprès de Michel; nous ne voulons pas le quitter; tu comprendras pourquoi si tu veux bien lire ces pages; c'est donc ici, dans sa demeure, que nous attendons ta réponse; ne tarde pas.

Tu sais quelle amitié de collège, forte déjà, mais chaque année grandie, liait Michel à Denis, à Daniel, à moi. Entre nous quatre une sorte de pacte fut conclu : au moindre appel de l'un devaient répondre les trois autres. Quand donc je reçus de Michel ce mystérieux cri d'alarme, je prévins aussitôt Daniel et Denis, et tous trois, quittant tout, nous partîmes.

Nous n'avions pas revu Michel depuis trois ans. Il s'était marié, avait emmené sa femme en voyage; et, lors de son dernier passage à Paris, Denis était en Grèce, Daniel en Russie, moi retenu, tu le sais, auprès de notre père malade. Nous n'étions pourtant pas restés sans nouvelles; mais celles que Silas et Will, qui l'avaient revu, nous donnèrent, n'avaient pu que nous étonner. Un changement se produisait en lui, que nous n'expliquions pas encore. Ce n'était plus le puritain très docte de naguère, aux gestes maladroits à force d'être convaincus, aux regards si clairs que devant eux souvent nos trop libres propos s'arrêtèrent. C'était... mais pourquoi t'indiquer déjà ce que son récit va te dire.

Je t'adresse donc ce récit, tel que Denis, Daniel et moi l'entendîmes : Michel le fit sur sa terrasse où près de lui nous étions étendus dans l'ombre et dans la clarté des étoiles. A la fin du récit nous avons vu le jour se lever sur la plaine. La maison de Michel la domine, ainsi que le village dont elle n'est distante que peu. Par la chaleur, et toutes les moissons fauchées, cette plaine ressemble au désert.

La maison de Michel, bien que pauvre et bizarre, est charmante. L'hiver on souffrait du froid, car pas de vitres aux fenêtres ; ou plutôt pas de fenêtres du tout, mais de vastes trous dans les murs. Il fait si beau que nous couchons dehors sur des nattes.

Que je te dise encore que nous avions fait bon voyage. Nous sommes arrivés ici le soir, exténués de chaleur, ivres de nouveauté, nous étant arrêtés à peine à Alger, puis à Constantine. De Constantine un nouveau train nous emmenait jusqu'à Sidi b. M. où une carriole attendait. La route cesse loin du village. Celui-ci perche au haut d'un roc comme certains bourgs de l'Ombrie. Nous montâmes à pied ; deux mulets avaient pris nos valises. Quand on y vient par ce chemin, la maison de Michel est la première du village. Un jardin fermé de

14

murs bas, ou plutôt un enclos l'entoure, où croissent trois grenadiers déjetés et un superbe laurier-rose. Un enfant kabyle était là, *de Kabylie* qui s'est enfui dès notre approche, escaladant le mur sans façon.

Michel nous a reçus sans témoigner de joie ; très simple, il semblait craint toute manifestation de tendresse ; mais sur le seuil, d'abord, il embrassa chacun de nous trois gravement.

Jusqu'à la nuit nous n'échangeâmes pas dix paroles. Un dîner presque tout frugal était prêt dans un salon dont les somptueuses décorations nous étonnèrent, mais que t'expliquera le récit de Michel. Puis il nous servit le café qu'il prit soin de faire lui-même. Puis nous montâmes sur la terrasse d'où la vue à l'infini s'étendait, et tous trois, pareils aux trois amis de Job, nous attendîmes, admirant sur la plaine en feu le déclin brusque de la journée.

Quand ce fut la nuit, Michel dit :

PREMIÈRE PARTIE

I

Mes chers amis, je vous savais fidèles. A mon appel vous êtes accourus, tout comme j'eusse fait au vôtre. Pourtant voici trois ans que vous ne m'aviez vu. Puisse votre amitié, qui résiste si bien à l'absence, résister aussi bien au récit que je veux vous faire. Car si je vous appelai brusquement, et vous fis voyager jusqu'à ma demeure lointaine, c'est pour vous voir, uniquement, et pour que vous puissiez m'entendre. Je ne veux pas d'autre secours que celui-là : vous parler. — Car je suis à tel point de ma vie que je ne peux plus dépasser. Pourtant ce n'est pas lassitude. Mais je ne comprends plus. J'ai besoin... J'ai besoin de parler, vous dis-je. Savoir se libérer n'est rien ; l'ardu, c'est savoir être libre. — Souffrez que je parle de moi ; je vais vous raconter ma vie, simplement, sans modestie et sans orgueil, plus simplement que si je parlais à moi-même. Écoutez-moi :

La dernière fois que nous nous vîmes, c'était il m'en souvient, aux environs d'Angers, dans la petite église de campagne où mon mariage

17

se célébrait. Le public était peu nombreux, et l'excellence des amis faisait de cette cérémonie banale une cérémonie touchante. Il me semblait que l'on était ému, et cela m'émouvait moi-même. Dans la maison de celle qui devenait ma femme, un court repas, sans rires et sans cris, vous réunit à nous au sortir de l'église ; puis la voiture commandée nous emmena, selon l'usage qui joint en nos esprit, à l'idée d'un mariage, la vision d'un quai de départ.

Je connaissais très peu ma femme et pensais, sans en trop souffrir, qu'elle ne me connaissait pas plus. Je l'avais épousée sans amour, beaucoup pour complaire à mon père, qui, mourant, s'inquiétait de me laisser seul. J'aimais mon père tendrement ; occupé par son agonie, je ne songeai, en ces tristes moments, qu'à lui rendre sa fin plus douce ; et ainsi j'engageai ma vie sans savoir ce que pouvait être la vie. Nos fiançailles au chevet du mourant furent sans rires, mais non sans grave joie, tant la paix qu'en obtint mon père fut grande. Si je n'aimais pas, dis-je, ma fiancée, du moins n'avais-je jamais aimé d'autre femme. Cela suffisait à mes yeux pour assurer notre bonheur ; et, m'ignorant encore moi-même, je crus me donner tout à elle. Elle était orpheline aussi et vivait avec ses deux frères. Elle s'appelait Marceline ; elle avait à peine vingt ans ; j'en avais quatre de plus qu'elle.

J'ai dit que je ne l'aimais point — du moins

18

n'éprouvais-je pour elle rien de ce qu'on appelle amour, mais je l'aimais, si l'on veut entendre par là de la tendresse, une sorte de pitié, enfin une estime assez grande. Elle était catholique et je suis protestant... mais je croyais l'être si peu ! le prêtre m'accepta ; moi j'acceptai le prêtre : cela se joua sans impair.

Mon père était, comme l'on dit, « athée », — du moins je le suppose, n'ayant, par une sorte d'invincible pudeur que je crois bien qu'il partageait, jamais pu causer avec lui de ses croyances. Le grave enseignement huguenot de ma mère s'était, avec sa belle image, lentement effacé en mon cœur ; vous savez que je la perdis jeune. Je ne soupçonnais pas encore combien cette première morale d'enfant nous maîtrise, ni quels plis elle laisse à l'esprit. Cette sorte d'austérité dont ma mère m'avait laissé le goût en m'en inculquant les principes, je la reportai toute à l'étude. J'avais quinze ans quand je perdis ma mère ; mon père s'occupa de moi, m'entoura et mit sa passion à m'instruire. Je savais déjà bien le latin et le grec ; avec lui j'appris vite l'hébreu, le sanscrit, et enfin le persan et l'arabe. Vers vingt ans j'étais si chauffé qu'il osait m'associer à ses travaux. Il s'amusait à me prétendre son égal et voulut m'en donner la preuve. L'*Essai sur les cultes phrygiens*, qui parut sous son nom, fut mon œuvre ; à peine l'avait-il revu ; rien jamais ne lui valut tant d'éloges. Il fut ravi. Pour moi, j'étais confus de voir cette supercherie réussir. Mais désormais je fus

lancé. Les savants les plus érudits me trai-
taient comme leur collègue. Je souris maintenant de tous les honneurs qu'on me fit... Ainsi
j'atteignis vingt-cinq ans, n'ayant presque rien
regardé que des ruines ou des livres, et ne
connaissant rien de la vie; j'usais dans le
travail une ferveur singulière. J'aimais quelques amis (vous en fûtes), mais plutôt l'amitié
qu'eux-mêmes, mon dévouement pour eux
était grand, mais c'était besoin de noblesse; je
chérissais en moi chaque beau sentiment. Au
demeurant, j'ignorais mes amis, comme je
m'ignorais moi-même. Pas un instant ne me
survint l'idée que j'eusse pu mener une existence différente ni qu'on pût vivre différemment.

A mon père et à moi des choses simples
suffisaient; nous dépensions si peu tous deux,
que j'atteignis mes vingt-cinq ans sans savoir
que nous étions riches. J'imaginais, sans y
songer souvent, que nous avions seulement de
quoi vivre; et j'avais pris, près de mon père,
des habitudes d'économie telles, que je fus
presque gêné quand je compris que nous
possédions beaucoup plus. J'étais à ce point
distrait de ces choses, que ce ne fut même pas
après le décès de mon père, dont j'étais unique
héritier, que je pris conscience un peu plus
nette de ma fortune, mais seulement lors du
contrat de mon mariage, et pour m'apercevoir
du même coup que Marceline ne m'apportait
presque rien.

Une autre chose que j'ignorais, plus importante encore peut-être, c'est que j'étais d'une santé très délicate. Comment l'eussé-je su, ne l'ayant pas mise à l'épreuve ? J'avais des rhumes de temps à autre, et les soignais négligemment. La vie trop calme que je menais m'affaiblissait et me préservait à la fois. Marceline, au contraire, semblait robuste, — et qu'elle le fût plus que moi, c'est ce que nous devions bientôt savoir.

Le soir même de nos noces nous couchions dans mon appartement de Paris, où l'on nous avait préparé deux chambres. Nous ne restâmes à Paris que le temps qu'il fallut pour d'indispensables emplettes, puis gagnâmes Marseille, d'où nous nous embarquâmes aussitôt pour Tunis.

Les soins urgents, l'étourdissement des derniers événements trop rapides, l'indispensable émotion des noces venant sitôt après celle plus réelle de mon deuil, tout cela m'avait épuisé. Ce ne fut que sur le bateau que je pus sentir ma fatigue. Jusqu'alors chaque occupation, en l'accroissant, m'en distrayait. Le loisir obligé du bord me permettait enfin de réfléchir. C'était, me semblait-il, pour la première fois.

Pour la première fois aussi je consentais d'être privé longtemps de mon travail. Je ne m'étais accordé jusqu'alors que de courtes vacances. Un voyage en Espagne avec mon père, peu de temps après la mort de ma mère, avait, il est vrai, duré plus d'un mois ; un autre, en Allemagne, six semaines ; d'autres encore — mais c'étaient des voyages d'études ; mon père ne s'y distrayait point de ses recherches très précises ; moi, sitôt que je ne l'y suivais plus, je lisais. Et pourtant, à peine avions-nous quitté Marseille, divers souvenirs de Grenade et de Séville me revinrent, de ciel plus pur, d'ombres plus franches, de fêtes, de rires et de chants. Voilà ce que nous allons retrouver, pensai-je. Je montai sur le pont du navire et regardai Marseille s'écarter.

Puis, brusquement, je songeai que je délaissais un peu Marceline.

Elle était assise à l'avant ; je m'approchai, et, pour la première fois vraiment, la regardai.

Marceline était très jolie. Vous le savez ; vous l'avez vue. Je me reprochai de ne m'en être pas d'abord aperçu. Je la connaissais trop pour la voir avec nouveauté ; nos familles de tout temps étaient liées ; je l'avais vue grandir ; j'étais habitué à sa grâce... Pour la première fois je m'étonnai, tant cette grâce me parut grande.

Sur un simple chapeau de paille noire elle laissait flotter un grand voile ; elle était blonde, mais ne paraissait pas délicate. Sa jupe et son corsage pareils étaient faits d'un châle écossais que nous avions choisi ensemble. Je n'avais pas voulu qu'elle s'assombrît de mon deuil.

Elle sentit que je la regardais, se retourna vers moi... jusqu'alors je n'avais eu près d'elle qu'un empressement de commande ; je remplaçais, tant bien que mal, l'amour par une sorte de galanterie froide qui, je le voyais bien, l'importunait un peu ; Marceline sentit-elle à cet instant que je la regardais pour la première fois d'une manière différente ? A son tour elle me regarda fixement ; puis, très tendrement, me sourit. Sans parler, je m'assis près d'elle. J'avais vécu pour moi ou du moins selon moi jusqu'alors ; je m'étais marié sans imaginer en ma femme autre chose qu'une camarade, sans songer bien précisément que, de notre union, ma vie pourrait être changée. Je venais de comprendre enfin que là cessait le monologue.

Nous étions tous deux seuls sur le pont. Elle tendit son front vers moi ; je la pressai doucement contre moi ; elle leva les yeux ; je l'embrassai sur les paupières, et sentis brusquement, à la faveur de mon baiser, une sorte de pitié nouvelle ; elle m'emplit si violemment, que je ne pus retenir mes larmes.

« Qu'as-tu donc ? » me dit Marceline.

Nous commençâmes à parler. Ses propos charmants me ravirent. Je m'étais fait, comme j'avais pu, quelques idées sur la sottise des femmes. Près d'elle, ce soir-là, ce fut moi qui me parus gauche et stupide.

Ainsi donc celle à qui j'attachais ma vie avait sa vie propre et réelle ! L'importance de cette pensée m'éveilla plusieurs fois cette nuit ; plusieurs fois je me dressai sur ma couchette pour voir, sur l'autre couchette, plus bas, Marceline, ma femme, dormir.

Le lendemain le ciel était splendide ; la mer

calme à peu près. Quelques conversations point pressées diminuèrent encore notre gêne. Le mariage vraiment commençait. Au matin du dernier jour d'octobre nous débarquâmes à Tunis.

Mon intention était de n'y rester que peu de jours. Je vous confesserai ma sottise : rien dans ce pays neuf ne m'attirait que Carthage et quelques ruines romaines : Timgad, dont Octave m'avait parlé, les mosaïques de Sousse et surtout l'amphithéâtre d'El Djem, où je me proposais de courir sans retard. Il fallait d'abord gagner Sousse, puis de Sousse prendre la voiture des postes ; je voulais que rien d'ici là ne fût digne de m'occuper.

Pourtant Tunis me surprit fort. Au toucher de nouvelles sensations s'émouvaient telles parties de moi, des facultés endormies qui, n'ayant pas encore servi, avaient gardé toute leur mystérieuse jeunesse. J'étais plus étonné, ahuri, qu'amusé, et ce qui me plaisait surtout, c'était la joie de Marceline.

Ma fatigue cependant devenait chaque jour plus grande ; mais j'eusse trouvé honteux d'y céder. Je toussais et sentais au haut de la poitrine un trouble étrange. Nous allons vers le sud, pensais-je ; la chaleur me remettra.

La diligence de Sfax quitte Sousse le soir à huit heures ; elle traverse El Djem à une heure du matin. Nous avions retenu les places du coupé. Je m'attendais à trouver une guimbarde inconfortable; nous étions au contraire assez commodément installés. Mais le froid!... Par quelle puérile confiance en la douceur d'air du Midi, légèrement vêtus tous deux, n'avions-nous emporté qu'un châle? Sitôt sortis de Sousse et de l'abri de ses collines, le vent commença de souffler. Il faisait de grands bonds sur la plaine, hurlait, sifflait, entrait par chaque fente des portières; rien ne pouvait en préserver. Nous arrivâmes tout transis; moi, de plus, exténué par les cahots de la voiture, et par une horrible toux qui me secouait encore plus. Quelle nuit! — Arrivés à El Djem, pas d'auberge; un affreux bordj en tenait lieu. Que faire? La diligence repartait. Le village était endormi; dans la nuit qui paraissait immense on entrevoyait vaguement la masse lugubre des ruines; des chiens hurlaient. Nous rentrâmes dans une salle terreuse où deux lits misérables étaient dressés. Marceline tremblait de froid, mais là du moins le vent ne nous atteignait plus.

Le lendemain fut un jour morne. Nous fûmes surpris, en sortant, de voir un ciel uniformément gris. Le vent soufflait toujours, mais moins impétueusement que la veille. La diligence ne devait repasser que le soir... Ce fut, vous dis-je, un jour lugubre. L'amphithéâtre, en quelques instants parcouru, me déçut; même il me parut laid, sous ce ciel terne. Peut-être ma fatigue aidait-elle, augmentait-elle mon ennui. Vers le milieu du jour, par désœuvrement, j'y revins, cherchant en vain quelques inscriptions sur les pierres. Marceline, à l'abri du vent, lisait un livre anglais qu'elle avait par bonheur emporté. Je revins m'asseoir auprès d'elle.

« Quel triste jour ! Tu ne t'ennuies pas trop ? lui dis-je.

— Non : tu vois : je lis.

— Que sommes-nous venus faire ici ? Tu n'as pas froid, au moins.

— Pas trop. Et toi ? C'est vrai ! tu es tout pâle.

— Non... »

La nuit, le vent reprit sa force... Enfin la diligence arriva. Nous repartîmes.

Dès les premiers cahots je me sentis brisé. Marceline, très fatiguée, s'endormit vite sur mon épaule. Mais ma toux va la réveiller, pensai-je, et doucement, doucement, me dégageant, je l'inclinai vers la paroi de la voiture. Cependant je ne toussais plus, non : je crachais ; c'était nouveau ; j'amenais cela sans effort ; cela venait par petits coups, à intervalles réguliers ; c'était une sensation si bizarre que d'abord je m'en amusai presque, mais je fus bien vite écœuré par le goût inconnu que cela me laissait dans la bouche. Mon mouchoir fut vite hors d'usage. Déjà j'en avais plein les doigts. Vais-je réveiller Marceline ?... Heureusement je me souvins d'un grand foulard qu'elle passait à sa ceinture. Je m'en emparai doucement. Les crachats que je ne retins plus vinrent avec plus d'abondance. J'en étais extraordinairement soulagé. C'est la fin du rhume, pensais-je. Soudain je me sentis très faible ; tout se mit à tourner et je crus que j'allais me trouver mal. Vais-je la réveiller ?... ah ! fi !... (J'ai gardé, je crois, de mon enfance puritaine la haine de tout abandon par faiblesse ; je le nomme aussitôt lâcheté.) Je me repris, me cramponnai, finis par maîtriser mon vertige... Je me crus sur mer de nouveau, et le bruit des roues devenait le bruit de la lame... Mais j'avais cessé de cracher.

Puis, je roulai dans une sorte de sommeil.

Quand j'en sortis, le ciel était déjà plein d'aube ; Marceline dormait encore. Nous approchions. Le foulard que je tenais à la main était sombre, de sorte qu'il n'y paraissait rien d'abord ; mais, quand je ressortis mon mouchoir, je vis avec stupeur qu'il était plein de sang.

Ma première pensée fut de cacher ce sang à Marceline. Mais comment ? — J'en étais tout taché ; j'en voyais partout, à présent ; mes doigts surtout... — J'aurai saigné du nez... C'est cela ; si elle interroge, je lui dirai que j'ai saigné du nez.

Marceline dormait toujours. On arriva. Elle dut descendre d'abord et ne vit rien. On nous avait gardé deux chambres. Je pus m'élancer dans la mienne, laver, faire disparaître le sang. Marceline n'avait rien vu.

Pourtant je me sentais très faible et fis monter du thé pour nous deux. Et tandis qu'elle l'apprêtait, très calme, un peu pâle elle-même, souriante, une sorte d'irritation me vint de ce qu'elle n'eût rien su voir. Je me sentais injuste, il est vrai, me disais : si elle n'a rien vu c'est que je cachais bien ; n'importe ; rien n'y fit ; cela grandit en moi comme un instinct, m'envahit... à la fin cela fut trop fort ; je n'y tins plus ; comme distraitement je lui dis :

« J'ai craché le sang, cette nuit. »

Elle n'eut pas un cri ; simplement elle devint beaucoup plus pâle, chancela, voulut se retenir, et tomba lourdement sur le plancher.

Je m'élançai vers elle avec une sorte de rage : « Marceline ! Marceline ! » — Allons bon ! qu'ai-je fait ! Ne suffisait-il pas que *moi* je sois malade ? — Mais j'étais, je l'ai dit, très faible ; peu s'en fallut que je ne me trouvasse mal à mon tour. J'ouvris la porte ; j'appelai ; on accourut.

Dans ma valise se trouvait, je m'en souvins, une lettre d'introduction auprès d'un officier de la ville ; je m'autorisai de ce mot pour envoyer chercher le major.

Marceline cependant s'était remise ; à présent elle était au chevet de mon lit, dans lequel je tremblais de fièvre. Le major arriva, nous examina tous les deux : Marceline n'avait rien, affirma-t-il, et ne se ressentait pas de sa chute ; moi j'étais atteint gravement ; même il ne voulut pas se prononcer et promit de revenir avant le soir.

Il revint, me sourit, me parla et me donna divers remèdes. Je compris qu'il me condamnait. — Vous l'avouerai-je ? Je n'eus pas un

sursaut. J'étais las. Je m'abandonnai, simplement. — « Après tout, que m'offrait la vie ? *négatif*
J'avais bien travaillé jusqu'au bout, fait résolument et passionnément mon devoir. Le
reste... ah ! que m'importe ? » pensais-je, en
trouvant suffisamment beau mon stoïcisme.
Mais ce dont je souffrais, c'était de la laideur
du lieu. « Cette chambre d'hôtel est affreuse »
— et je la regardai. Brusquement, je songeai
qu'à côté, dans une chambre pareille, était
ma femme, Marceline ; et je l'entendis qui
parlait. Le docteur n'était pas parti ; il
s'entretenait avec elle ; il s'efforçait de parler
bas. — Un peu de temps passa ; je dus dormir...

Quand je me réveillai, Marceline était là. Je
compris qu'elle avait pleuré. Je n'aimais pas
assez la vie pour avoir pitié de moi-même ;
mais la laideur de ce lieu me gênait ; presque
avec volupté mes yeux se reposaient sur elle.

A présent, près de moi, elle écrivait. Elle me
paraissait jolie. Je la vis fermer plusieurs
lettres. Puis elle se leva, s'approcha de mon
lit, tendrement prit ma main :

« Comment te sens-tu maintenant ? » me
dit-elle. Je souris, lui dis tristement :

« Guérirai-je ? » Mais aussi, elle me répondit : « Tu guériras ! », avec une si passionnée
conviction que, presque convaincu moi-
même, j'eus comme un confus sentiment de
tout ce que la vie pouvait être, de son amour
à elle, la vague vision de si pathétiques
beautés, — que les larmes jaillirent de mes

29

yeux et que je pleurai longuement sans pouvoir ni vouloir m'en défendre.

Par quelle violence d'amour elle put me faire quitter Sousse ; entouré de quels soins charmants, protégé, secouru, veillé... de Sousse à Tunis, puis de Tunis à Constantine, Marceline fut admirable. C'est à Biskra que je devais guérir. Sa confiance était parfaite ; son zèle ne retomba pas un instant. Elle préparait tout, dirigeait les départs et s'assurait des logements. Elle ne pouvait faire, hélas ! que ce voyage fût moins atroce. Je crus plusieurs fois devoir m'arrêter et finir. Je suais comme un moribond, j'étouffais, par moments perdais connaissance. — A la fin du troisième jour, j'arrivai à Biskra comme mort.

II

Pourquoi parler des premiers jours ? Qu'en
reste-t-il ? Leur affreux souvenir est sans voix.
Je ne savais plus ni qui, ni où j'étais. Je revois
seulement, au-dessus de mon lit d'agonie,
Marceline, ma femme, ma vie, se pencher. Je
sais que ses soins passionnés, que son amour
seul, me sauvèrent. Un jour enfin, comme un
marin perdu qui aperçoit la terre, je sentis
qu'une lueur de vie se réveillait ; je pus sourire
à Marceline. — Pourquoi raconter tout cela ?
L'important, c'était que la mort m'eût touché,
comme l'on dit, de son aile. L'important, c'est
qu'il devînt pour moi très étonnant que je
vécusse, c'est que le jour devînt pour moi
d'une lumière inespérée. Avant, pensais-je, je
ne comprenais pas que je vivais. Je devais faire
de la vie la palpitante découverte.

Le jour vint où je pus me lever. Je fus
complètement séduit par notre home. Ce
n'était presque qu'une terrasse. Quelle terrasse ! Ma chambre et celle de Marceline y
donnaient ; elle se prolongeait sur des toits.

31

L'on voyait, lorsqu'on en avait atteint la partie la plus haute, par-dessus les maisons, des palmiers ; par-dessus les palmiers, le désert. L'autre côté de la terrasse touchait aux jardins de la ville ; les branches des dernières cassies l'ombrageaient ; enfin elle longeait la cour, une petite cour régulière, plantée de six palmiers réguliers, et finissait à l'escalier qui la reliait à la cour. Ma chambre était vaste, aérée ; murs blanchis à la chaux, rien aux murs ; une petite porte menait à la chambre de Marceline ; une grande porte vitrée ouvrait sur la terrasse.

Là coulèrent des jours sans heures. Que de fois, dans ma solitude, j'ai revu ces lentes journées !... Marceline est auprès de moi. Elle lit ; elle coud ; elle écrit. Je ne fais rien. Je la regarde. Ô Marceline !... Je regarde. Je vois le soleil ; je vois l'ombre ; je vois la ligne de l'ombre se déplacer ; j'ai si peu à penser, que je l'observe. Je suis encore très faible ; je respire mal ; tout me fatigue, même lire ; d'ailleurs que lire ? Être, m'occupe assez.

Un matin Marceline entre en riant :

« Je t'amène un ami, dit-elle ; et je vois entrer derrière elle un petit Arabe au teint brun. Il s'appelle Bachir, a de grands yeux silencieux qui me regardent. Je suis plutôt un peu gêné, et cette gêne déjà me fatigue ; je ne dis rien, parais fâché. L'enfant, devant la froideur de mon accueil, se déconcerte, se retourne vers Marceline, et, avec un mouvement de grâce animale et câline, se bottit contre elle, lui prend la main, l'embrasse avec un geste qui découvre ses bras nus. Je remarque qu'il est tout nu sous sa mince gandourah blanche et sous son burnous rapiécé. *manteau avec capuchon*

« — Allons ! assieds-toi là, lui dit Marceline qui voit ma gêne. Amuse-toi tranquillement. »

Le petit s'assied par terre, sort un couteau du capuchon de son burnous, un morceau de djerid, et commence à le travailler. C'est un sifflet, je crois, qu'il veut faire.

Au bout d'un peu de temps, je ne suis plus gêné par sa présence. Je le regarde ; il semble avoir oublié qu'il est là. Ses pieds sont nus ; ses chevilles sont charmantes, et les attaches de ses poignets. Il manie son mauvais couteau avec une amusante adresse... Vraiment, vais-je m'intéresser à cela ?... Ses cheveux sont rasés à la manière arabe ; il porte une pauvre chéchia qui n'a qu'un trou à la place du gland. La gandourah, un peu tombée, découvre sa mignonne épaule. J'ai le besoin de la toucher. Je me penche ; il se retourne et me sourit. Je fais signe qu'il doit me passer son sifflet, le prends et feins de l'admirer beaucoup. — A présent il veut partir. Marceline lui donne un gâteau, moi deux sous.

Le lendemain, pour la première fois, je m'ennuie ; j'attends ; j'attends quoi ? je me sens désœuvré, inquiet. Enfin je n'y tiens plus :

« Bachir ne vient donc pas, ce matin ?

— Si tu veux, je vais le chercher. »

Elle me laisse, descend ; au bout d'un instant, rentre seule. Qu'a fait de moi la maladie ? Je suis triste à pleurer de la voir revenir sans Bachir.

« Il était trop tard, me dit-elle ; les enfants ont quitté l'école et se sont dispersés partout. Il y en a de charmants, sais-tu. Je crois que maintenant tous me connaissent.

— Au moins, tâche qu'il soit là demain. »

Le lendemain Bachir revint. Il s'assit comme l'avant-veille, sortit son couteau, voulut tailler un bois trop dur, et fit si bien qu'il s'enfonça la lame dans le pouce. J'eus un frisson d'horreur ; il en rit, montra la coupure brillante et s'amusa de voir couler son sang. Quand il riait, il découvrait des dents très blanches ; il lécha plaisamment sa blessure ; sa langue était rose comme celle d'un chat. Ah ! qu'il se portait bien. C'était là ce dont je m'éprenais en lui : la santé. La santé de ce petit corps était belle.

Le jour suivant il apporta des billes. Il voulut me faire jouer. Marceline n'était pas là ; elle m'eût retenu. J'hésitai, regardai Bachir ; le petit me saisit le bras, me mit les billes dans la main, me força. Je m'essoufflais beaucoup à me baisser, mais j'essayai de jouer quand même. Enfin je n'en pus plus. J'étais en nage. Je rejetai les billes et me laissai tomber dans un fauteuil. Bachir, un peu troublé, me regardait.

« Malade ? » dit-il gentiment ; le timbre de sa voix était exquis. Marceline rentra.

« Emmène-le, lui dis-je ; je suis fatigué, ce matin. »

Quelques heures après j'eus un crachement de sang. C'était comme je marchais péniblement sur la terrasse ; Marceline était occupée dans sa chambre ; heureusement elle n'en put rien voir. J'avais fait, par essoufflement, une aspiration plus profonde, et tout à coup c'était venu. Cela m'avait empli la bouche... Mais ce n'était plus du sang clair, comme lors des premiers crachements ; c'était un gros affreux caillot que je crachai par terre avec dégoût.

Je fis quelques pas, chancelant. J'étais horriblement ému. Je tremblais. J'avais peur ; j'étais en colère. — Car jusqu'alors j'avais pensé que, pas à pas, la guérison allait venir et qu'il ne restait qu'à l'attendre. Cet accident brutal venait de me rejeter en arrière. Chose étrange, les premiers crachements ne m'avaient pas fait tant d'effet ; je me souvenais à présent qu'ils m'avaient laissé presque calme. D'où venait donc ma peur, mon horreur, à présent ? C'est que je commençais, hélas ! d'aimer la vie.

Je revins en arrière, me courbai, retrouvai mon crachat, pris une paille et, soulevant le caillot, le déposai sur mon mouchoir. Je regardai. C'était un vilain sang presque noir, quelque chose de gluant, d'épouvantable... Je songeai au beau sang rutilant de Bachir... Et soudain me prit un désir, une envie, quelque chose de plus furieux, de plus impérieux que tout ce que j'avais ressenti jusqu'alors : vivre !

35

je veux vivre. Je veux vivre. Je serrai les dents, les poings, me concentrai tout entier éperdument, désolément, dans cet effort vers l'existence.

J'avais reçu la veille une lettre de T...; en réponse à d'anxieuses questions de Marceline, elle était pleine de conseils médicaux; T... avait même joint à sa lettre quelques brochures de vulgarisation médicale et un livre plus spécial, qui pour cela me parut plus sérieux. J'avais lu négligemment la lettre et point du tout les imprimés; d'abord parce que la ressemblance de ces brochures avec les petits traités moraux dont on avait agacé mon enfance, ne me disposait pas en leur faveur; parce qu'aussi tous les conseils m'importunaient; puis je ne pensais pas que ces « Conseils aux tuberculeux », « Cure pratique de la tuberculose » pussent s'appliquer à mon cas. Je ne me croyais pas tuberculeux. Volontiers j'attribuais ma première hymoptysie à une cause différente; ou plutôt, à vrai dire, je ne l'attribuais à rien, évitais d'y penser, n'y pensais guère, et me jugeais, sinon guéri, du moins près de l'être... Je lus la lettre; je dévorai le livre, les traités. Brusquement, avec une évidence effarante, il m'apparut que je ne m'étais pas soigné comme il fallait. Jusqu'alors je m'étais laissé vivre, me fiant au plus vague espoir; — brusquement ma vie m'apparut attaquée, attaquée atrocement à son centre. Un ennemi nombreux, actif, vivait en moi. Je l'écoutai : je l'épiai; je le sentis. Je

Ferveur

ne le vaincrais pas sans lutte... et j'ajoutais à demi-voix, comme pour mieux m'en convaincre moi-même : c'est une affaire de volonté.

Je me mis en état d'hostilité.

Le soir tombait : j'organisai ma stratégie. Pour un temps, seule ma guérison devait devenir mon étude ; mon devoir c'était ma santé ; il fallait juger bon, nommer *Bien*, tout ce qui m'était salutaire, oublier, repousser tout ce qui ne guérissait pas. — Avant le repas du soir, pour la respiration, l'exercice, la nourriture, j'avais pris des résolutions.

Nous prenions nos repas dans une sorte de petit kiosque que la terrasse enveloppait de toutes parts. Seuls, tranquilles, loin de tout, l'intimité de nos repas était charmante. D'un hôtel voisin, un vieux nègre nous apportait une passable nourriture. Marceline surveillait les menus, commandait un plat, en repoussait tel autre... N'ayant pas très grand-faim d'ordinaire, je ne souffrais pas trop des plats manqués, ni des menus insuffisants. Marceline, habituée elle-même à ne pas beaucoup se nourrir, ne savait pas, ne se rendait pas compte que je ne mangeais pas suffisamment. Manger beaucoup était, de toutes mes résolutions, la première. Je prétendais la mettre à exécution dès ce soir. — Je ne pus. Nous avions je ne sais quel salmis immangeable, puis un rôti ridiculement trop cuit.

Mon irritation fut si vive, que, la reportant sur Marceline, je me répandis devant elle en paroles immodérées. Je l'accusai ; il semblait,

37

à m'entendre, qu'elle eût dû se sentir responsable de la mauvaise qualité de ces mets. Ce petit retard au régime que j'avais résolu d'adopter devenait de la plus grave importance ; j'oubliais les jours précédents ; ce repas manqué gâtait tout. Je m'entêtai. Marceline dut descendre en ville chercher une conserve, un pâté de n'importe quoi.

Elle revint bientôt avec une petite terrine que je dévorai presque entière, comme pour nous prouver à tous deux combien j'avais besoin de manger davantage.

Ce même soir nous arrêtâmes ceci : Les repas seraient beaucoup meilleurs : plus nombreux aussi, un toutes les trois heures ; le premier dès six heures et demie. Une abondante provision de conserves de toutes sortes suppléerait les médiocres plats de l'hôtel...

Je ne pus dormir cette nuit, tant le pressentiment de mes nouvelles vertus me grisait. J'avais, je pense, un peu de fièvre ; une bouteille d'eau minérale était là ; j'en bus un verre, deux verres ; à la troisième fois, buvant à même, j'achevai toute la bouteille d'un coup. Je repassais ma volonté comme une leçon ; j'apprenais mon hostilité, la dirigeais sur toutes choses ; je devais lutter contre tout : mon salut dépendait de moi seul.

Enfin, je vis la nuit pâlir ; le jour parut.

Ç'avait été ma veillée d'armes.

Le lendemain, c'était dimanche. Je ne m'étais jusqu'alors pas inquiété, l'avouerai-je, des croyances de Marceline ; par indifférence ou pudeur, il me semblait que cela ne me regardait pas ; puis je n'y attachais pas d'importance. Ce jour-là Marceline se rendit à la messe. J'appris au retour qu'elle avait prié pour moi. Je la regardai fixement, puis, avec le plus de douceur que je pus :

« Il ne faut pas prier pour moi, Marceline.

— Pourquoi ? dit-elle, un peu troublée.

— Je n'aime pas les protections.

— Tu repousses l'aide de Dieu ?

— Après, il aurait droit à ma reconnaissance. Cela crée des obligations ; je n'en veux pas. »

Nous avions l'air de plaisanter, mais ne nous méprenions nullement sur l'importance de nos paroles.

« Tu ne guériras pas tout seul, pauvre ami, soupira-t-elle.

— Alors, tant pis... » Puis, voyant sa tristesse, j'ajoutai moins brutalement : « Tu m'aideras. »

III

Je vais parler longuement de mon corps. Je vais en parler tant, qu'il vous semblera tout d'abord que j'oublie la part de l'esprit. Ma négligence, en ce récit, est volontaire ; elle était réelle là-bas. Je n'avais pas de force assez pour entretenir double vie ; l'esprit et le reste, pensais-je, j'y songerai plus tard, quand j'irai mieux.

J'étais encore loin d'aller bien. Pour un rien j'étais en sueur et pour un rien je prenais froid ; j'avais, comme disait Rousseau, « la courte haleine » ; parfois un peu de fièvre ; souvent, dès le matin, un sentiment d'affreuse lassitude, et je restais, alors, prostré dans un fauteuil, indifférent à tout, égoïste, m'occupant très uniquement à tâcher de bien respirer. Je respirais péniblement, avec méthode, soigneusement ; mes expirations se faisaient avec deux saccades, que ma volonté surtendue ne pouvait complètement retenir ; longtemps après encore, je ne les évitais qu'à force d'attention.

Mais ce dont j'eus le plus à souffrir, ce fut de ma sensibilité maladive à tout changement de température. Je pense, quand j'y réfléchis aujourd'hui, qu'un trouble nerveux général s'ajoutait à la maladie ; je ne puis expliquer autrement une série de phénomènes, irréductibles, me semble-t-il, au simple état tuberculeux. J'avais toujours ou trop chaud ou trop froid ; me couvrais aussitôt avec une exagération ridicule, ne cessais de frissonner que pour suer, me découvrais un peu, et frissonnais sitôt que je ne transpirais plus. Des parties de mon corps se glaçaient, devenaient, malgré la sueur, froides au toucher comme un marbre ; rien ne les pouvait plus réchauffer. J'étais sensible au froid à ce point qu'un peu d'eau tombée sur mon pied, lorsque je faisais ma toilette, m'enrhumait ; sensible au chaud de même... Je gardai cette sensibilité, la garde encore, mais, aujourd'hui, c'est pour voluptueusement en jouir. Toute sensibilité très vive peut, suivant que l'organisme est robuste ou débile, devenir, je le crois, cause de délice ou de gêne. Tout ce qui me troublait naguère m'est devenu délicieux.

Je ne sais comment j'avais fait jusqu'alors pour dormir avec les vitres closes ; sur les conseils de T... j'essayai donc de les ouvrir la nuit ; un peu, d'abord ; bientôt, je les poussai toutes grandes ; bientôt ce fut une habitude, un besoin tel que, dès que la fenêtre était refermée, j'étouffais. Avec quelles délices plus tard sentirai-je entrer vers moi le vent des nuits, le clair de lune...

Il me tarde enfin d'en finir avec ces premiers bégaiements de santé. Grâce à des soins constants en effet, à l'air pur, à la meilleure nourriture, je ne tardai pas d'aller mieux. Jusqu'alors, craignant l'essoufflement de l'escalier, je n'avais pas osé quitter la terrasse ; dans les derniers jours de janvier, enfin, je descendis, m'aventurai dans le jardin.

Marceline m'accompagnait, portant un châle. Il était trois heures du soir. Le vent, souvent violent dans ce pays, et qui m'avait beaucoup gêné depuis trois jours, était tombé. La douceur d'air était charmante.

Jardin public... Une très large allée le coupait, ombragée par deux rangs de cette espèce de mimosas très hauts qu'on appelle là-bas des cassies. Des bancs, à l'ombre de ces arbres. Une rivière canalisée, je veux dire plus profonde que large, à peu près droite, longeant l'allée ; puis d'autres canaux plus petits, divisant l'eau de la rivière, la menant, à travers le jardin, vers les plantes ; l'eau lourde est couleur de la terre, couleur d'argile rose ou grise. Presque pas d'étrangers, quelques Arabes ; ils circulent, et, dès qu'ils ont quitté le soleil, leur manteau blanc prend la couleur de l'ombre.

Un singulier frisson me saisit quand j'entrai dans cette ombre étrange ; je m'enveloppai de mon châle ; pourtant aucun malaise ; au contraire... Nous nous assîmes sur un banc. Marceline se taisait. Des Arabes passèrent ;

puis survint une troupe d'enfants. Marceline en connaissait plusieurs et leur fit signe ; ils s'approchèrent. Elle me dit des noms ; il y eut des questions, des réponses, des sourires, des moues, de petits jeux. Tout cela m'agaçait quelque peu et de nouveau revint mon malaise ; je me sentis las et suant. Mais ce qui me gênait, l'avouerai-je, ce n'étaient pas les enfants, c'était elle. Oui, si peu que ce fût, j'étais gêné par sa présence. Si je m'étais levé, elle m'aurait suivi ; si j'avais enlevé mon châle, elle aurait voulu le porter ; si je l'avais remis ensuite, elle aurait dit : « Tu n'as pas froid ? » Et puis, parler aux enfants, je ne l'osais pas devant elle ; je voyais qu'elle avait ses protégés ; malgré moi, mais par parti pris, moi je m'intéressais aux autres. — Rentrons, lui dis-je ; et je résolus à part moi de retourner seul au jardin.

Le lendemain, elle avait à sortir vers dix heures ; j'en profitai. Le petit Bachir, qui manquait rarement de venir le matin, prit mon châle ; je me sentais alerte, le cœur léger. Nous étions presque seuls dans l'allée ; je marchais lentement, m'asseyais un instant, repartais. Bachir suivait, bavard ; fidèle et souple comme un chien. Je parvins à l'endroit du canal où viennent laver les laveuses ; au milieu du courant une pierre plate est posée ; dessus, une fillette couchée et le visage penché vers l'eau, la main dans le courant, y jetait ou y rattrapait des brindilles. Ses pieds nus avaient plongé dans l'eau ; ils gardaient de ce bain la trace humide, et là sa peau paraissait plus foncée. Bachir s'approcha d'elle et lui parla ; elle se retourna, me sourit, répondit à Bachir en arabe. — C'est ma sœur, me dit-il ; puis il m'expliqua que sa mère allait venir laver du linge, et que sa petite sœur l'attendait. Elle s'appelait Rhadra, ce qui voulait dire Verte, en arabe. Il disait tout cela d'une voix charmante, claire, enfantine autant que l'émotion que j'en avais.

« Elle demande que tu lui donnes deux sous », ajouta-t-il.

Je lui en donnai dix et m'apprêtais à repartir, lorsque arriva la mère, la laveuse. C'était une femme admirable, pesante, au grand front tatoué de bleu, qui portait un panier de linge sur la tête, pareille aux canéphores antiques, et, comme elles, voilée simplement d'une large étoffe bleu sombre qui se relève à la ceinture et retombe d'un coup jusqu'aux pieds. Dès qu'elle vit Bachir, elle l'apostropha rudement. Il répondit avec violence ; la petite fille s'en mêla ; entre eux trois s'engagea une discussion des plus vives. Enfin, Bachir, comme vaincu, me fit comprendre que sa mère avait besoin de lui ce matin ; il me tendit mon châle tristement et je dus repartir tout seul.

Je n'eus pas fait vingt pas que mon châle me parut d'un poids insupportable ; tout en sueur, je m'assis au premier banc que je trouvai. J'espérais qu'un enfant surviendrait qui me déchargerait de ce faix. Celui qui vint bientôt, ce fut un grand garçon de quatorze ans, noir comme un Soudanais, pas timide du tout, qui s'offrit de lui-même. Il se nommait Ashour. Il m'aurait paru beau s'il n'avait été borgne. Il aimait à causer, m'apprit d'où venait la rivière, et qu'après le jardin public elle fuyait dans l'oasis et la traversait en entier. Je l'écoutais, oubliant ma fatigue. Quelque plaisant que me parût Bachir, je le connaissais trop à présent, et j'étais heureux de changer. Même, je me promis, un autre jour, de descendre tout seul au jardin et d'attendre, assis sur un banc, le hasard d'une rencontre heureuse...

Après m'être arrêté plusieurs instants encore, nous arrivâmes, Ashour et moi, devant ma porte. Je désirais l'inviter à monter, mais n'osai point, ne sachant ce qu'en aurait pensé Marceline.

Je la trouvai dans la salle à manger, occupée près d'un enfant très jeune, si malingre et d'aspect si chétif, que j'eus pour lui d'abord plus de dégoût que de pitié. Un peu craintivement, Marceline me dit :

« Le pauvre petit est malade.

— Ce n'est pas contagieux, au moins ? Qu'est-ce qu'il a ?

— Je ne sais pas encore au juste. Il se plaint de partout un peu. Il parle assez mal le français ; quand Bachir sera là demain, il lui servira d'interprète... Je lui fais prendre un peu de thé... »

Puis, comme pour s'excuser, et parce que je restais là, moi, sans rien dire :

« Voilà longtemps, ajouta-t-elle, que je le

connais; je n'avais pas encore osé le faire venir; je craignais de te fatiguer, ou peut-être de te déplaire.

— Pourquoi donc ? m'écriai-je; amène ici tous les enfants que tu veux, si ça t'amuse! » Et je songeai, m'irritant un peu de ne l'avoir point fait, que j'aurais fort bien pu faire monter Ashour.

Je regardais ma femme cependant; elle était maternelle et caressante. Sa tendresse était si touchante que le petit partit bientôt tout réchauffé. — Je parlai de ma promenade et fis comprendre sans rudesse à Marceline pourquoi je préférais sortir seul.

Mes nuits à l'ordinaire étaient encore coupées de sursauts qui m'éveillaient glacé ou trempé de sueur. Cette nuit fut très bonne et presque sans réveils. Le lendemain matin j'étais prêt à sortir dès neuf heures. Il faisait beau; je me sentais bien reposé, point faible, joyeux, ou plutôt amusé. L'air était calme et tiède, mais je pris mon châle pourtant, comme prétexte à lier connaissance avec celui qui me le porterait. J'ai dit que le jardin touchait notre terrasse; j'y fus donc aussitôt. J'entrai avec ravissement dans son ombre. L'air était lumineux. Les cassies, dont les fleurs viennent très tôt avant les feuilles, embaumaient — à moins que ne vînt de partout cette sorte d'odeur légère inconnue qui me semblait entrer en moi par plusieurs sens et m'exaltait. Je respirais plus aisément d'ailleurs; ma marche en était plus légère; pourtant au premier banc je m'assis, mais plus grisé, plus étourdi que las. Je regardai. L'ombre était mobile et légère ; elle ne tombait pas sur le sol, et semblait à peine y poser. O lumière ! — J'écoutai. Qu'entendis-je ? Rien ; tout ; je m'amusais de chaque bruit. — Je me souviens d'un arbuste, dont l'écorce, de loin, me parut de consistance si bizarre que je dus me lever pour aller la palper. Je la touchai comme on caresse ; j'y trouvais un ravissement. Je me souviens... Était-ce enfin ce matin-là que j'allais naître ?

J'avais oublié que j'étais seul, n'attendais rien, oubliai l'heure. Il me semblait avoir jusqu'à ce jour si peu senti pour tant penser, que je m'étonnais à la fin de ceci : ma sensation devenait aussi forte qu'une pensée.

Je dis : Il me semblait — car du fond du passé de ma première enfance se réveillaient enfin mille lueurs, de mille sensations égarées. La conscience que je prenais à nouveau de mes sens m'en permettait l'inquiète reconnaissance. Oui, mes sens, réveillés désormais, se retrouvaient toute une histoire, se recomposaient un passé. Ils vivaient ! ils vivaient ! n'avaient jamais cessé de vivre, se découvraient, même à travers mes ans d'étude, une vie latente et rusée.

Je ne fis aucune rencontre ce jour-là, et j'en fus aise ; je sortis de ma poche un petit Homère que je n'avais pas rouvert depuis mon départ de Marseille, relus trois phrases de l'*Odyssée*, les appris, puis, trouvant un aliment suffisant

dans leur rythme et m'en délectant à loisir
fermai le livre et demeurai tremblant, plus
vivant que je n'aurais cru qu'on pût être, et
l'esprit engourdi de bonheur...

IV

Marceline, cependant, qui voyait avec joie ma santé enfin revenir, commençait depuis quelques jours à me parler des merveilleux vergers de l'oasis. Elle aimait le grand air et la marche. La liberté que lui valait ma maladie lui permettait de longues courses dont elle revenait éblouie ; jusqu'alors elle n'en parlait guère, n'osant m'inciter à l'y suivre et craignant de me voir m'attrister au récit de plaisirs dont je n'aurais pu jouir déjà. Mais, à présent que j'allais mieux, elle comptait sur leur attrait pour achever de me remettre. Le goût que je reprenais à marcher et à regarder m'y portait. Et dès le lendemain nous sortîmes ensemble.

Elle me précéda dans un chemin bizarre et tel que dans aucun pays je n'en vis jamais de pareil. Entre deux assez hauts murs de terre il circule comme indolemment ; les formes des jardins, que ces hauts murs limitent, l'inclinent à loisir ; il se courbe ou brise sa ligne ; dès l'entrée, un détour vous perd ; on ne sait plus

49

ni d'où l'on vient, ni où l'on va. L'eau fidèle de la rivière suit le sentier, longe un des murs ; les murs sont faits avec la terre même de la route, celle de l'oasis entière, une argile rosâtre ou gris tendre, que l'eau rend un peu plus foncée, que le soleil ardent craquelle et qui durcit à la chaleur, mais qui mollit dès la première averse et forme alors un sol plastique où les pieds nus restent inscrits. — Par-dessus les murs, des palmiers. A notre approche, des tourterelles y volèrent. Marceline me regardait.

J'oubliais ma fatigue et ma gêne. Je marchais dans une sorte d'extase, d'allégresse silencieuse, d'exaltation des sens et de la chair. A ce moment, des souffles légers s'élevèrent ; toutes les palmes s'agitèrent et nous vîmes les palmiers les plus hauts s'incliner ; — puis l'air entier redevint calme, et j'entendis distinctement, derrière le mur, un chant de flûte. — Une brèche au mur ; nous entrâmes.

C'était un lieu plein d'ombre et de lumière ; tranquille, et qui semblait comme à l'abri du temps ; plein de silences et de frémissements, bruit léger de l'eau qui s'écoule, abreuve les palmiers, et d'arbre en arbre fuit, appel discret des tourterelles, chant de flûte dont un enfant jouait. Il gardait un troupeau de chèvres ; il était assis, presque nu, sur le tronc d'un palmier abattu ; il ne se troubla pas à notre approche ne s'enfuit pas, ne cessa qu'un instant de jouer.

Je m'aperçus, durant ce court silence,

qu'une autre flûte au loin répondait. Nous avançâmes encore un peu, puis :

« Inutile d'aller plus loin, dit Marceline ; ces vergers se ressemblent tous ; à peine, au bout de l'oasis, deviennent-ils un peu plus vastes... Elle étendit le châle à terre :

— Repose-toi. »

Combien de temps nous y restâmes ? je ne sais plus ; — qu'importait l'heure ? Marceline était près de moi ; je m'étendis, posai sur ses genoux ma tête. Le chant de flûte coulait encore, cessait par instants, reprenait ; le bruit de l'eau... Par instants une chèvre bêlait. Je fermai les yeux ; je sentis se poser sur mon front la main fraîche de Marceline ; je sentais le soleil ardent doucement tamisé par les palmes ; je ne pensais à rien ; qu'importait la pensée ? je sentais extraordinairement...

Et par instants, un bruit nouveau ; j'ouvrais les yeux ; c'était le vent léger dans les palmes ; il ne descendait pas jusqu'à nous, n'agitait que les palmes hautes...

Le lendemain matin, dans ce même jardin je revins avec Marceline ; le soir du même jour j'y allai seul. Le chevrier qui jouait de la flûte était là. Je m'approchai de lui, lui parlai. Il se nommait Lassif, n'avait que douze ans, était beau. Il me dit le nom de ses chèvres, me dit que les canaux s'appellent *séghias* ; toutes ne coulent pas tous les jours, m'apprit-il ; l'eau, sagement et parcimonieusement répartie, satisfait à la soif des plantes, puis leur est aussitôt retirée. Au pied de chacun des palmiers un étroit bassin est creusé qui tient l'eau pour abreuver l'arbre ; un ingénieux système d'écluses que l'enfant, en les faisant jouer, m'expliqua, maîtrise l'eau, l'amène où la soif est trop grande.

Le jour suivant je vis un frère de Lassif : il était un peu plus âgé, moins beau ; il se nommait Lachmi. A l'aide de la sorte d'échelle que fait, le long du fût, la cicatrice des anciennes palmes coupées, il grimpa tout au haut d'un palmier étêté ; puis descendit agilement, laissant, sous son manteau flottant, voir une nudité dorée. Il rapportait du haut de l'arbre, dont on avait fauché la cime, une petite gourde de terre : elle était appendue là-haut, près de la récente blessure, pour recueillir la sève du palmier dont on fait un vin doux qui plaît fort aux Arabes. Sur l'invite de Lachmi j'y goûtai ; mais ce goût fade, âpre et sirupeux me déplut.

Les jours suivants j'allai plus loin ; je vis d'autres jardins, d'autres bergers et d'autres chèvres. Ainsi que Marceline l'avait dit, ces jardins étaient tous pareils ; et pourtant chacun différait.

Parfois Marceline m'accompagnait encore ; mais, plus souvent, dès l'entrée des vergers, je la quittais, lui persuadant que j'étais las, que je voulais m'asseoir, qu'elle ne devait pas m'attendre, car elle avait besoin de marcher plus ; de sorte qu'elle achevait sans moi la

52

promenade. — Je restais auprès des enfants. Bientôt j'en connus un grand nombre ; je causais avec eux longuement ; j'apprenais leurs jeux, leur en indiquais d'autres, perdais au *bouchon* tous mes sous. Certains m'accompagnaient au loin (chaque jour j'allongeais mes marches), m'indiquaient, pour rentrer, un passage nouveau, se chargeaient de mon manteau et de mon châle quand parfois j'emportais les deux ; avant de les quitter je leur distribuais des piécettes ; parfois ils me suivaient, toujours jouant, jusqu'à ma porte ; parfois enfin ils la passèrent.

Puis Marceline en amena de son côté. Elle amenait ceux de l'école, qu'elle encourageait au travail ; à la sortie des classes, les sages et les doux montaient ; ceux que moi j'amenais étaient autres ; mais des jeux les réunissaient. Nous eûmes soin d'avoir toujours prêts des sirops et des friandises. Bientôt d'autres vinrent d'eux-mêmes, même plus invités par nous. Je me souviens de chacun d'eux ; je les revois...

Vers la fin de janvier, le temps se gâta brusquement ; un vent froid se mit à souffler et ma santé aussitôt s'en ressentit. Le grand espace découvert, qui sépare l'oasis de la ville, me redevint infranchissable, et je dus de nouveau me contenter du jardin public. Puis il plut ; une pluie glacée, qui tout à l'horizon, au nord, couvrit de neige les montagnes.

Je passai ces tristes jours près du feu, morne, luttant rageusement contre la maladie qui, par ce mauvais temps, triomphait. Jours lugubres : je ne pouvais lire ni travailler ; le moindre effort amenait des transpirations incommodes ; fixer mon attention m'exténuait ; dès que je ne veillais pas à soigneusement respirer, j'étouffais.

Les enfants, durant ces tristes jours, furent pour moi la seule distraction possible. Par la pluie, seuls les très familiers entraient ; leurs vêtements étaient trempés ; ils s'asseyaient devant le feu, en cercle. De longs temps se passaient sans rien dire. J'étais trop fatigué, trop souffrant pour autre chose que les regarder ; mais la présence de leur santé me guérissait. Ceux que Marceline choyait étaient faibles, chétifs, et trop sages ; je m'irritai contre elle et contre eux et finalement les repoussai. A vrai dire, ils me faisaient peur.

Un matin, j'eus une curieuse révélation sur moi-même : Moktir, le seul des protégés de ma femme qui ne m'irritât point (peut-être parce qu'il était beau), était seul avec moi dans ma chambre ; jusqu'alors je l'aimais médiocrement, mais son regard brillant et sombre m'intriguait. Une curiosité que je ne m'expliquais pas bien me faisait surveiller ses gestes. J'étais debout auprès du feu, les deux coudes sur la cheminée, devant un livre, et je paraissais absorbé, mais pouvais voir se refléter dans la glace les mouvements de l'enfant à qui je tournais le dos. Moktir ne se savait pas observé

et me croyait plongé dans la lecture. Je le vis
s'approcher sans bruit d'une table où Marceline avait posé, près d'un ouvrage, une paire de
petits ciseaux, s'en emparer furtivement, et
d'un coup les engouffrer dans son burnous.
Mon cœur battit avec force un instant, mais les
plus sages raisonnements ne purent faire
aboutir en moi le moindre sentiment de
révolte. Bien plus ! je ne parvins pas à me
prouver que le sentiment qui m'emplit alors
fût autre chose que de la joie. Quand j'eus
laissé à Moktir tout le temps de me bien voler,
je me tournai de nouveau vers lui et lui parlai
comme si rien ne s'était passé. Marceline
aimait beaucoup cet enfant ; pourtant ce ne fut
pas, je crois, la peur de la peiner qui me fit,
quand je la revis, plutôt que dénoncer Moktir,
imaginer je ne sais quelle fable pour expliquer
la perte des ciseaux. A partir de ce jour, Moktir
devint mon préféré.

malhonnête

V

Notre séjour à Biskra ne devait pas se prolonger longtemps encore. Les pluies de février passées, la chaleur éclata trop forte. Après plusieurs pénibles jours, que nous avions vécus sous l'averse, un matin, brusquement, je me réveillai dans l'azur. Sitôt levé je courus à la terrasse la plus haute. Le ciel, d'un horizon à l'autre était pur. Sous le soleil, ardent déjà, des buées s'élevaient; l'oasis fumait tout entière; on entendait gronder au loin l'Oued débordé. L'air était si pur et si beau qu'aussitôt je me sentis aller mieux. Marceline vint; nous voulûmes sortir, mais la boue ce jour-là nous retint.

Quelques jours après nous rentrions au verger de Lassif; les tiges semblaient lourdes, molles et gonflées d'eau. Cette terre africaine, dont je ne connaissais pas l'attente, submergée durant de longs jours, à présent s'éveillait de l'hiver, ivre d'eau, éclatant de sèves nouvelles; elle riait d'un printemps forcené dont je sentais le retentissement et comme le double en

fanatique

56

moi-même. Ashour et Moktir nous accompagnèrent d'abord ; je savourais encore leur légère amitié qui ne coûtait qu'un demi-franc par jour ; mais bientôt, lassé d'eux, n'étant plus moi-même si faible que j'eusse encore besoin de l'exemple de leur santé et ne trouvant plus dans leurs jeux l'aliment qu'il fallait pour ma joie, je retournai vers Marceline l'exaltation de mon esprit et de mes sens. A la joie qu'elle en eut, je m'aperçus qu'avant elle était restée triste. Je m'excusai comme un enfant de l'avoir souvent délaissée, mis sur le compte de ma faiblesse mon humeur fuyante et bizarre, affirmai que jusqu'à présent j'avais été trop las pour aimer, mais que je sentirais désormais croître avec ma santé mon amour. Je disais vrai ; mais sans doute j'étais bien faible encore, car ce ne fut que plus d'un mois après que je désirai Marceline.

Chaque jour cependant augmentait la chaleur. Rien ne nous retenait à Biskra — que ce charme qui devait m'y rappeler ensuite. Notre résolution de partir fut subite. En trois heures nos paquets furent prêts. Le train partait le lendemain à l'aube...

Je me souviens de la dernière nuit. La lune était à peu près pleine ; par ma fenêtre grande ouverte elle entrait en plein dans ma chambre. Marceline dormait, je pense. J'étais couché, mais ne pouvais dormir. Je me sentais brûler d'une sorte de fièvre heureuse, qui n'était autre que la vie... Je me levai, trempai dans l'eau mes mains et mon visage, puis, poussant la porte vitrée, je sortis.

Il était tard déjà ; pas un bruit ; pas un souffle ; l'air même paraissait endormi. A peine, au loin, entendait-on les chiens arabes, qui, comme des chacals, glapissent tout le long de la nuit. Devant moi, la petite cour ; la muraille, en face de moi, y portait un pan d'ombre oblique ; les palmiers réguliers, sans plus de couleur ni de vie, semblaient immobilisés pour toujours... Mais on retrouve dans le sommeil encore une palpitation de vie, — ici rien ne semblait dormir ; tout semblait mort. Je m'épouvantai de ce calme ; et brusquement m'envahit de nouveau, comme pour protester, s'affirmer, se désoler dans le silence, le sentiment tragique de ma vie, si violent, douloureux presque, et si impétueux que j'en aurais crié, si j'avais pu crier comme les bêtes. Je pris ma main, je me souviens, ma main gauche dans ma main droite ; je voulus la porter à ma tête et le fis. Pourquoi ? pour m'affirmer que je vivais et trouver cela admirable. Je touchai mon front, mes paupières. Un frisson me saisit. Un jour viendra — pensai-je, — un jour viendra où même pour porter à mes lèvres même l'eau dont j'aurai le plus soif, je n'aurai plus assez de forces... Je rentrai, mais ne me recouchai pas encore ; je voulais fixer cette nuit, en imposer le souvenir à ma pensée, la retenir ; indécis de ce que je ferais, je pris un livre sur ma table, — la Bible, — la laissai s'ouvrir au hasard ; penché dans la clarté de la lune je pouvais lire ; je lus ces mots du Christ à Pierre, ces mots, hélas ! que je ne devais plus oublier : « Maintenant tu te ceins toi-même et tu vas où tu veux aller ; mais quand tu seras vieux, tu étendras les mains... » Tu étendras les mains...

Le lendemain, à l'aube, nous partîmes.

VI

Je ne parlerai pas de chaque étape du voyage. Certaines n'ont laissé qu'un souvenir confus ; ma santé, tantôt meilleure et tantôt pire, chancelait encore au vent froid, s'inquiétait de l'ombre d'un nuage, et mon état nerveux amenait des troubles fréquents ; mais mes poumons du moins se guérissaient. Chaque rechute était moins longue et moins sérieuse ; son attaque était aussi vive, mais mon corps devenait contre elle mieux armé.

Nous avions, de Tunis, gagné Malte, puis Syracuse ; je rentrais sur la classique terre dont le langage et le passé m'étaient connus. Depuis le début de mon mal, j'avais vécu sans examen, sans loi, m'appliquant simplement à vivre, comme fait l'animal ou l'enfant. Moins absorbé par le mal à présent, ma vie redevenait certaine et consciente. Après cette longue agonie, j'avais cru renaître le même et rattacher bientôt mon présent au passé ; en pleine nouveauté d'une terre inconnue je pouvais ainsi m'abuser ; ici, plus ; tout m'y apprenait ce qui me surprenait encore : j'étais changé.

Quand, à Syracuse et plus loin, je voulus reprendre mes études, me replonger comme jadis dans l'examen minutieux du passé, je découvris que quelque chose en avait, pour moi, sinon supprimé, du moins modifié le goût ; c'était le sentiment du présent. L'histoire du passé prenait maintenant à mes yeux cette immobilité, cette fixité terrifiante des ombres nocturnes dans la petite cour de Biskra, l'immobilité de la mort. Avant je me plaisais à cette fixité même qui permettait la précision de mon esprit ; tous les faits de l'histoire m'apparaissaient comme les pièces d'un musée, ou mieux les plantes d'un herbier, dont la sécheresse définitive m'aidât à oublier qu'un jour, riches de sève, elles avaient vécu sous le soleil. A présent, si je pouvais me plaire encore dans l'histoire, c'était en l'imaginant au présent. Les grands faits politiques devaient donc m'émouvoir beaucoup moins que l'émotion renaissante en moi des poètes, ou de certains hommes d'action. A Syracuse je relus Théocrite, et songeai que ses bergers au beau nom étaient ceux mêmes que j'avais aimés à Biskra.

Mon érudition qui s'éveillait à chaque pas m'encombrait, empêchant ma joie. Je ne pouvais voir un théâtre grec, un temple, sans aussitôt le reconstruire abstraitement. A chaque fête antique, la ruine qui restait en son lieu me faisait me désoler qu'elle fût morte ; et j'avais horreur de la mort.

J'en vins à fuir les ruines ; à préférer aux plus beaux monuments du passé ces jardins bas qu'on appelle les Latomies, où les citrons ont l'acide douceur des oranges, et les rives de la Cyané qui, dans les papyrus, coule encore aussi bleue que le jour où ce fut pour pleurer Proserpine.

J'en vins à mépriser en moi cette science qui d'abord faisait mon orgueil ; ces études, qui d'abord étaient toute ma vie, ne me paraissaient plus avoir qu'un rapport tout accidentel et conventionnel avec moi. Je me découvrais autre et j'existais, ô joie ! en dehors d'elles. En tant que spécialiste, je m'apparus stupide. En tant qu'homme, me connaissais-je ? je naissais seulement à peine et ne pouvais déjà savoir qui je naissais. Voilà ce qu'il fallait apprendre.

Rien de plus tragique, pour qui crut mourir, qu'une lente convalescence. Après que l'aile de la mort a touché, ce qui paraissait important ne l'est plus ; d'autres choses le sont, qui ne paraissaient pas importantes, ou qu'on ne savait même pas exister. L'amas sur notre esprit de toutes connaissances acquises s'écaille comme un fard et, par places, laisse voir à nu la chair même, l'être authentique qui se cachait.

Ce fut dès lors *celui* que je prétendis découvrir : l'être authentique, le « vieil homme », celui dont ne voulait plus l'Évangile ; celui que tout, autour de moi, livres, maîtres, parents, et que moi-même avions tâché d'abord de supprimer. Et il m'apparaissait déjà, grâce aux surcharges, plus fruste et difficile à découvrir mais d'autant plus utile à découvrir et valeureux. Je méprisai dès lors cet être secondaire, appris, que l'instruction avait dessiné pardessus. Il fallait secouer ces surcharges.

Et je me comparais aux palimpsestes ; je *parchemin effacé* goûtais la joie du savant, qui, sous les écritures plus récentes, découvre, sur un même papier, un texte très ancien infiniment plus précieux. Quel était-il, ce texte occulté ? Pour le lire, ne fallait-il pas tout d'abord effacer les textes récents ?

Aussi bien n'étais-je plus l'être malingre et studieux à qui ma morale précédente, toute rigide et restrictive, convenait. Il y avait ici plus qu'une convalescence ; il y avait une augmentation, une recrudescence de vie, l'af- *reprendre des forces* flux d'un sang plus riche et plus chaud qui devait toucher mes pensées, les toucher une à une, pénétrer tout, émouvoir, colorer les plus lointaines, délicates et secrètes fibres de mon être. Car, robustesse ou faiblesse, on s'y fait ; l'être, selon les forces qu'il a, se compose ; mais, qu'elles augmentent, qu'elles permettent de pouvoir plus, et... Toutes ces pensées je ne les avais pas alors, et ma peinture ici me fausse. A vrai dire, je ne pensais point, ne m'examinais point ; une fatalité heureuse me guidait. Je craignais qu'un regard trop hâtif ne vînt à déranger le mystère de ma lente transformation. Il fallait laisser le temps, aux caractères effacés, de reparaître, ne pas chercher à les former. Laissant donc mon cerveau, non

63

pas à l'abandon, mais en jachère, je me livrai voluptueusement à moi-même, aux choses, au tout, qui me parut divin. Nous avions quitté Syracuse et je courais sur la route escarpée qui joint Taormine à La Môle, criant, pour l'appeler en moi : Un nouvel être ! Un nouvel être !

Mon seul effort, effort constant alors, était donc de systématiquement honnir ou supprimer tout ce que je croyais ne devoir qu'à mon instruction passée et à ma première morale. Par dédain résolu pour ma science, par mépris pour mes goûts de savant, je refusai de voir Agrigente, et, quelques jours plus tard, sur la route qui mène à Naples, je ne m'arrêtai point près du beau temple de Paestum où respire encore la Grèce, et où j'allai, deux ans plus tard, prier je ne sais plus quel dieu.

Que parlé-je d'unique effort ? Pouvais-je m'intéresser à moi, sinon comme à un être perfectible ? Cette perfection inconnue et que j'imaginais confusément, jamais ma volonté n'avait été plus exaltée que pour y tendre ; j'employais cette volonté tout entière à fortifier mon corps, à le bronzer. Près de Salerne, quittant la côte, nous avions gagné Ravello. Là, l'air plus vif, l'attrait des rocs pleins de retraits et de surprises, la profondeur inconnue des vallons, aidant à ma force, à ma joie, favorisèrent mon élan.

Plus rapproché du ciel qu'écarté du rivage, Ravello, sur une abrupte hauteur, fait face à la lointaine et plate rive de Paestum. C'était, sous la domination normande, une cité presque

64

importante ; ce n'est plus qu'un étroit village où nous étions, je crois, seuls étrangers. Une ancienne maison religieuse, à présent transformée en hôtel, nous hébergea ; sise à l'extrémité du roc, ses terrasses et son jardin semblaient surplomber dans l'azur. Après le mur chargé de *pampres*, on ne voyait d'abord rien que la mer ; il fallait s'approcher du mur pour pouvoir suivre le dévalement cultivé qui, par des escaliers plus que par des sentiers, joignait Ravello au rivage. Au-dessus de Ravello, la montagne continuait. Des oliviers, des *caroubiers* énormes ; à leur ombre des cyclamens ; plus haut, des châtaigniers en grand nombre, un air frais, des plantes du Nord ; plus bas des citronniers près de la mer. Ils sont rangés par petites cultures que motive la pente du sol ; ce sont jardins en escalier, presque pareils ; une étroite allée, au milieu, d'un bout à l'autre les traverse ; on y entre sans bruit, en voleur. On rêve, sous cette ombre verte ; le feuillage est épais, pesant ; pas un rayon franc ne pénètre ; comme des gouttes de cire épaisse, les citrons pendent, parfumés ; dans l'ombre ils sont blancs et verdâtres ; ils sont à portée de la main, de la soif ; ils sont doux, âcres ; ils rafraîchissent.

L'ombre était si dense, sous eux, que je n'osais m'y arrêter après la marche qui me faisait encore transpirer. Pourtant les escaliers ne m'exténuaient plus ; je m'exerçais à les gravir la bouche close ; j'espaçais toujours plus mes haltes, me disais : j'irai jusque-là sans faiblir ; puis, arrivé au but, trouvant dans mon orgueil content ma récompense, je respirais longuement, puissamment, et de façon qu'il me semblât sentir l'air pénétrer plus efficacement ma poitrine. Je reportais à tous ces soins du corps mon assiduité de naguère. *du passé* Je progressais. *perfectionisme*

Je m'étonnais parfois que ma santé revînt si vite. J'en arrivais à croire que je m'étais d'abord exagéré la gravité de mon état ; à douter que j'eusse été très malade, à rire de mon sang craché, à regretter que ma guérison ne fût pas demeurée plus ardue.

Je m'étais soigné d'abord fort sottement, ignorant les besoins de mon corps. J'en fis la patiente étude et devins, quant à la prudence et aux soins, d'une ingéniosité si constante que je m'y amusai comme à un jeu. Ce dont encore je souffrais le plus, c'était ma sensibilité maladive au moindre changement de la température. J'attribuais, à présent que mes poumons étaient guéris, cette hyperesthésie à ma débilité nerveuse, relique de la maladie. Je résolus de vaincre cela. La vue des belles peaux hâlées *bronzé* et comme pénétrées de soleil, que montraient, en travaillant aux champs, la veste ouverte, quelques paysans débraillés, m'incitait à me laisser hâler de même. Un matin, m'étant mis à nu, je me regardai ; la vue de mes trop maigres bras, de mes épaules, que les plus grands efforts ne pouvaient rejeter suffisamment en arrière, mais surtout la blancheur ou plutôt la décoloration de ma peau, m'emplit et de honte et de larmes. Je me rhabillai vite, et, au lieu de descendre vers Amalfi, comme j'avais accoutumé de faire, me dirigeai vers des rochers couverts d'herbe rase et de mousse, loin des habitations, loin des routes, où je savais ne pouvoir être vu. Arrivé là, je me dévêtis lentement. L'air était presque vif, mais le soleil ardent. J'offris tout mon corps à sa flamme. Je m'assis, me couchai, me tournai. Je sentais sous moi le sol dur ; l'agitation des herbes folles me frôlait. Bien qu'à l'abri du vent, je frémissais et palpitais à chaque souffle. Bientôt m'enveloppa une cuisson délicieuse ; tout mon être affluait vers ma peau.

Nous demeurâmes à Ravello quinze jours ; chaque matin je retournais vers ces rochers, faisais ma cure. Bientôt l'excès de vêtement dont je me recouvrais encore devint gênant et superflu ; mon épiderme tonifié cessa de transpirer sans cesse et sut se protéger par sa propre chaleur.

Le matin d'un des derniers jours (nous étions au milieu d'avril) j'osai plus. Dans une anfractuosité des rochers dont je parle, une source claire coulait. Elle retombait ici même en cascade, assez peu abondante, il est vrai, mais elle avait creusé sous la cascade un bassin plus profond où l'eau très pure s'attardait. Par trois fois j'y étais venu, m'étais penché, m'étais étendu sur la berge, plein de soif et plein de désirs ; j'avais contemplé longuement le fond de roc poli, où l'on ne découvrait pas une salissure, pas une herbe, où le soleil, en vibrant et en se diaprant, pénétrait. Ce quatrième jour, j'avançai, résolu d'avance, jusqu'à l'eau plus claire que jamais, et, sans plus réfléchir, m'y plongeai d'un coup tout entier. Vite transi, je quittai l'eau, m'étendis sur l'herbe, au soleil. Là, des menthes croissaient, odorantes ; j'en cueillis, j'en froissai les feuilles, j'en frottai tout mon corps humide mais brûlant. Je me regardai longuement, sans plus de honte aucune, avec joie. Je me trouvais, non pas robuste encore, mais pouvant l'être, harmonieux, sensuel, presque beau.

VII

Ainsi me contentais-je pour toute action, tout travail, d'exercices physiques qui, certes, impliquaient ma morale changée, mais qui ne m'apparaissaient déjà plus que comme un entraînement, un moyen, et ne me satisfaisaient plus pour eux-mêmes.

Un autre acte pourtant, à vos yeux ridicule peut-être, mais que je redirai, car il précise en sa puérilité le besoin qui me tourmentait de manifester au-dehors l'intime changement de mon être : A Amalfi, je m'étais fait raser. — orgueil ? →

Jusqu'à ce jour j'avais porté toute ma barbe, avec les cheveux presque ras. Il ne me venait pas à l'idée qu'aussi bien j'aurais pu porter une coiffure différente. Et, brusquement, le jour où je me mis pour la première fois nu sur la roche, cette barbe me gêna ; c'était comme un dernier vêtement que je n'aurais pu dépouiller ; je la sentais comme postiche ; elle était soigneusement taillée, non pas en pointe, mais en une forme carrée, qui me parut aussitôt très déplaisante et ridicule. Rentré dans la

chambre d'hôtel, je me regardai dans la glace
et me déplus ; j'avais l'air de ce que j'avais été
jusqu'alors : un <u>chartiste.</u> Sitôt après le déjeuner, je descendis à Amalfi, ma résolution prise.
La ville est très petite : je dus me contenter
d'une vulgaire <u>échoppe</u> sur la place. C'était
jour de marché ; la boutique était pleine ; je
dus attendre interminablement ; mais rien, ni
les rasoirs douteux, le blaireau jaune, l'odeur,
les propos du barbier, ne put me faire reculer.
Sentant sous les ciseaux tomber ma barbe,
c'était comme si j'enlevais un masque. Nim-
porte ! quand, après, je m'apparus, l'émotion
qui m'emplit et que je réprimai de mon mieux,
ne fut pas la joie, mais <u>la peur.</u> Je ne discute
pas ce sentiment ; je le constate. Je trouvais
mes traits assez beaux... non, la peur venait de
ce qu'il me semblait qu'on voyait à nu ma
pensée et de ce que, soudain, elle me paraissait
redoutable.

Par contre, je laissai pousser mes cheveux.

Voilà tout ce que mon être neuf, encore
désœuvré, trouvait à faire. Je pensais qu'il
naîtrait de lui des actes étonnants pour moi-
même ; mais plus tard ; plus tard, me disais-je,
— quand l'être serait plus formé. Forcé de
vivre en attendant, je conservais, comme Des-
cartes, une façon provisoire d'agir. Marceline
ainsi put s'y tromper. Le changement de mon
regard, il est vrai, et, surtout le jour où
j'apparus sans barbe, l'expression nouvelle de
mes traits, l'auraient inquiétée peut-être, mais
elle m'aimait trop déjà pour me bien voir ;

70

puis je la rassurais de mon mieux. Il importait qu'elle ne troublât pas ma reconnaissance ; pour la soustraire à ses regards, je devais donc dissimuler.

Aussi bien celui que Marceline aimait, celui qu'elle avait épousé, ce n'était pas mon « nouvel être ». Et je me redisais cela, pour m'exciter à le cacher. Ainsi ne lui livrai-je de moi qu'une image qui, pour être constante et fidèle au passé, devenait de jour en jour plus fausse.

Mes rapports avec Marceline demeurèrent donc, en attendant, les mêmes — quoique plus exaltés de jour en jour, par un toujours plus grand amour. Ma dissimulation même (si l'on peut appeler ainsi le besoin de préserver de son jugement ma pensée), ma dissimulation l'augmentait. Je veux dire que ce jeu m'occupait de Marceline sans cesse. Peut-être cette contrainte au mensonge me coûta-t-elle un peu d'abord ; mais j'arrivai vite à comprendre que les choses réputées les pires (le mensonge, pour ne citer que celle-là) ne sont difficiles à faire que tant qu'on ne les a jamais faites ; mais qu'elles deviennent chacune, et très vite, aisées, plaisantes, douces à refaire, et bientôt comme naturelles. Ainsi donc, comme à chaque chose pour laquelle un premier dégoût est vaincu, je finis par trouver plaisir à cette dissimulation même, à m'y attarder, comme au jeu de mes facultés inconnues. Et j'avançais chaque jour, dans une vie plus riche et plus pleine, vers un plus savoureux bonheur.

VIII

La route de Ravello à Sorrente est si belle
que je ne souhaitais ce matin rien voir de plus
beau sur la terre. L'âpreté chaude de la roche,
l'abondance de l'air, les senteurs, la limpidité,
tout m'emplissait du charme adorable de
vivre et me suffisait à ce point que rien d'autre
qu'une joie légère ne semblait habiter en moi ;
souvenirs ou regrets, espérance ou désir, avenir et passé se taisaient ; je ne connaissais plus
de la vie que ce qu'en apportait, en emportait
l'instant. — O joie physique ! m'écriais-je ;
rythme sûr de mes muscles ! santé !...

J'étais parti de grand matin, précédant Marceline dont la trop calme joie eût tempéré la
mienne, comme son pas eût ralenti le mien.
Elle me rejoindrait en voiture, à Positano, où
nous devions déjeuner.

J'approchais de Positano lorsqu'un bruit de
roues, formant basse à un chant bizarre, me fit
tout à coup retourner. Et d'abord je ne pus
rien voir, à cause d'un tournant de la route qui
borde en cet endroit la falaise ; puis brusque-

ment une voiture surgit, à l'allure désordonnée ; c'était celle de Marceline. Le cocher chantait à tue-tête, faisait de grands gestes, se dressait debout sur son siège, fouettait férocement le cheval affolé. Quelle brute ! Il passa devant moi qui n'eus que le temps de me ranger, n'arrêta pas à mon appel... Je m'élançai : mais la voiture allait trop vite. Je tremblais à la fois et d'en voir sauter brusquement Marceline, et de l'y voir rester ; un sursaut du cheval pouvait la précipiter dans la mer... Soudain le cheval s'abat. Marceline descend, veut fuir ; mais déjà je suis auprès d'elle. Le cocher, sitôt qu'il me voit, m'accueille avec d'horribles jurons. J'étais furieux contre cet homme ; à sa première insulte je m'élançai et brutalement le jetai bas de son siège. Je roulai par terre avec lui, mais ne perdis pas l'avantage ; il semblait étourdi par sa chute, et bientôt le fut plus encore par un coup de poing que je lui allongeai en plein visage quand je vis qu'il voulait me mordre. Pourtant je ne le lâchai point, pesant du genou sur sa poitrine et tâchant de maîtriser ses bras. Je regardais sa figure hideuse que mon poing venait d'enlaidir davantage ; il crachait, bavait, saignait, jurait, ah ! l'horrible être ! Vrai ! l'étrangler paraissait légitime — et peut-être l'eussé-je fait... du moins je m'en sentis capable ; et je crois bien que seule l'idée de la police m'arrêta.

Je parvins, non sans peine, à ligoter solidement l'enragé. Comme un sac je le jetai dans la voiture.

Ah! quels regards après, et quels baisers nous échangeâmes. Le danger n'avait pas été grand; mais j'avais dû montrer ma force, et cela pour la protéger. Il m'avait aussitôt semblé que je pourrais donner ma vie pour elle... et la donner toute avec joie... Le cheval s'était relevé. Laissant le fond de la voiture à l'ivrogne, nous montâmes sur le siège tous deux, et, conduisant tant bien que mal, pûmes gagner Positano, puis Sorrente.

Ce fut cette nuit-là que je possédai Marceline.

Avez-vous bien compris ou dois-je vous redire que j'étais comme neuf aux choses de l'amour? Peut-être est-ce à sa nouveauté que notre nuit de noces dut sa grâce... Car il me semble, à m'en souvenir aujourd'hui, que cette première nuit fut la seule, tant l'attente et la surprise de l'amour ajoutaient à la volupté de délices, — tant une seule nuit suffit au plus grand amour pour se dire, et tant mon souvenir s'obstine à me la rappeler uniquement. Ce fut un rire d'un moment, où nos âmes se confondirent... Mais je crois qu'il est un point de l'amour, unique, et que l'âme plus tard, ah! cherche en vain à dépasser; que l'effort qu'elle fait pour ressusciter son bonheur, l'use; que rien n'empêche le bonheur comme le souvenir du bonheur. Hélas! je me souviens de cette nuit...

Notre hôtel était hors de la ville, entouré de jardins, de vergers; un très large balcon prolongeait notre chambre; des branches le frô-

laient. L'aube entra librement par notre croisée grande ouverte. Je me soulevai doucement,
et tendrement je me penchai sur Marceline.
Elle dormait ; elle semblait sourire en dor-
mant. Il me sembla, d'être plus fort, que je la
sentais plus délicate, et que sa grâce était une
fragilité. De tumultueuses pensées vinrent
tourbillonner en ma tête. Je songeai qu'elle ne
mentait pas, disant que j'étais tout pour elle ;
puis aussitôt : « Qu'est-ce que je fais donc pour
sa joie ? Presque tout le jour et chaque jour je
l'abandonne ; elle attend tout de moi, et moi je
la délaisse !... ah ! pauvre, pauvre Marceline !... » Des larmes emplirent mes yeux. En
vain cherchai-je en ma débilité passée comme
une excuse ; qu'avais-je affaire maintenant de
soins constants et d'égoïsme ? n'étais-je pas
plus fort qu'elle à présent ?...

Le sourire avait quitté ses joues ; l'aurore,
malgré qu'elle dorât chaque chose, me la fit
voir soudain triste et pâle ; — et peut-être
l'approche du matin me disposait-elle à
l'angoisse : « Devrai-je un jour, à mon tour, te
soigner ? m'inquiéter pour toi, Marceline ? »
m'écriai-je au-dedans de moi. Je frissonnai ; et,
tout transi d'amour, de pitié, de tendresse, je
posai doucement entre ses yeux fermés le plus
tendre, le plus amoureux et le plus pieux des
baisers.

IX

Les quelques jours que nous vécûmes à
Sorrente furent des jours souriants et très
calmes. Avais-je jamais goûté tel repos, tel
bonheur ? En goûterais-je pareil désormais ?...
J'étais près de Marceline sans cesse ; m'occupant moins de moi, je m'occupais plus d'elle et
trouvais à causer avec elle la joie que je
prenais les jours précédents à me taire.

Je pus être étonné d'abord de sentir que
notre vie errante, où je prétendais me satis-
faire pleinement, ne lui plaisait que comme un
état provisoire ; mais tout aussitôt le désœuvrement de cette vie m'apparut ; j'acceptai
qu'elle n'eût qu'un temps et pour la première
fois, un désir de travail renaissant de l'innocu-
pation même où me laissait enfin ma santé
rétablie — je parlai sérieusement de retour ; à
la joie qu'en montra Marceline, je compris
qu'elle y songeait depuis longtemps.

Cependant les quelques travaux d'histoire
auxquels je recommençais de songer n'avaient
plus pour moi même goût. Je vous l'ai dit :

depuis ma maladie, la connaissance abstraite et neutre du passé me semblait vaine, et si naguère j'avais pu m'occuper à des recherches philologiques, m'attachant par exemple à préciser la part de l'influence gothique dans la déformation de la langue latine, et négligeant, méconnaissant les figures de Théodoric, de Cassidore, d'Amalasonthe et leurs passions admirables pour ne m'exalter plus que sur des signes et sur le résidu de leur vie, à présent ces mêmes signes, et la philologie tout entière, ne m'étaient plus que comme un moyen de pénétrer mieux dans ce dont la sauvage grandeur et la noblesse m'apparurent. Je résolus de m'occuper de cette époque davantage, de me limiter pour un temps aux dernières années de l'empire des Goths, et de mettre à profit notre prochain passage à Ravenne, théâtre de son agonie.

Mais, l'avouerai-je, la figure du jeune roi Athalaric était ce qui m'y attirait le plus. J'imaginais cet enfant de quinze ans, sourdement excité par les Goths, se révolter contre sa mère Amalasonthe, regimber contre son éducation latine, rejeter la culture comme un cheval entier fait d'un harnais gênant, et, préférant la société des Goths impolicés à celle du trop sage et vieux Cassidore, goûter quelques années, avec de rudes favoris de son âge, une vie violente, voluptueuse et débridée, pour mourir à dix-huit ans, tout gâté, soûlé de débauches. Je retrouvais dans ce tragique élan vers un état plus sauvage et intact quelque

chose de ce que Marceline appelait en souriant
« ma crise ». Je cherchais un consentement à y
appliquer au moins mon esprit, puisque je n'y
occupais plus mon corps ; et, dans la mort
affreuse d'Athalaric, je me persuadais de mon
mieux qu'il fallait lire une leçon.

Avant Ravenne, où nous nous attarderions
donc quinze jours, nous verrions rapidement
Rome et Florence, puis, laissant Venise et
Vérone, brusquerions la fin du voyage pour ne
nous arrêter plus qu'à Paris. Je trouvais un
plaisir tout neuf à parler d'avenir avec Marceline ; une certaine indécision restait encore au
sujet de l'emploi de l'été ; las de voyages l'un et
l'autre, nous voulions ne pas repartir ; je souhaitais pour mes études la plus grande tran-
quillité ; et nous pensâmes à une propriété de
rapport entre Lisieux et Pont-l'Évêque, en la
plus verte Normandie, — propriété que possé-
dait jadis ma mère, où j'avais avec elle passé
quelques étés de mon enfance, mais où, depuis
sa mort, je n'étais pas retourné. Mon père en
avait confié l'entretien et la surveillance à un
garde, âgé maintenant, qui touchait pour lui
puis nous envoyait régulièrement les fermages. Une grande et très agréable maison,
dans un jardin coupé d'eaux vives, m'avait
laissé des souvenirs enchantés ; on l'appelait
La Morinière ; il me semblait qu'il ferait bon y
demeurer.

L'hiver prochain, je parlais de passer à
Rome — en travailleur, non plus en voyageur
cette fois... Mais ce dernier projet fut vite

renversé : dans l'important courrier qui, depuis longtemps, nous attendait à Naples, une lettre m'apprenait brusquement que, se trouvant vacante une chaire au Collège de France, mon nom avait été plusieurs fois prononcé ; ce n'était qu'une suppléance, mais qui précisément, pour l'avenir, me laisserait une plus grande liberté ; l'ami qui m'instruisait de ceci m'indiquait, si je voulais bien accepter, quelques faciles démarches à faire, — et me pressait fort d'accepter. J'hésitai, voyant surtout d'abord un esclavage ; puis songeai qu'il pourrait être intéressant d'exposer, en un cours, mes travaux sur Cassiodore... Le plaisir que j'allais faire à Marceline, en fin de compte me décida. Et, sitôt ma décision prise, je n'en vis plus que l'avantage.

Dans le monde savant de Rome et de Florence, mon père entretenait diverses relations avec qui j'étais moi-même entré en correspondance. Elles me donnèrent tous moyens de faire les recherches que je voudrais, à Ravenne et ailleurs ; je ne songeais plus qu'au travail. Marceline s'ingéniait à le favoriser par mille soins charmants et mille prévenances.

Notre bonheur, durant cette fin de voyage fut si égal, si calme, que je n'en peux rien raconter. Les plus belles œuvres des hommes sont obstinément douloureuses. Que serait le récit du bonheur ? Rien, que ce qui le prépare, puis ce qui le détruit, ne se raconte. Et je vous ai dit maintenant tout ce qui l'avait préparé.

DEUXIÈME PARTIE

I

Nous arrivâmes à La Morinière dans les premiers jours de juillet, ne nous étant arrêtés à Paris que le temps strictement nécessaire pour nos approvisionnements et pour quelques rares visites.

La Morinière, je vous l'ai dit, est située entre Lisieux et Pont-l'Évêque, dans le pays le plus ombreux, le plus mouillé que je connaisse. De multiples vallonnements, étroits et mollement courbés, aboutissent non loin à la très large vallée d'Auge qui s'aplanit d'un coup jusqu'à la mer. Nul horizon ; des bois-taillis pleins de mystère ; quelques champs, mais des prés surtout, des pacages aux molles pentes, dont l'herbe épaisse est deux fois l'an fauchée, où des pommiers nombreux, quand le soleil est bas, joignent leur ombre, où paissent de libres troupeaux ; dans chaque creux, de l'eau, étang, marre ou rivière ; on entend des ruissellements continus.

Ah ! comme je reconnus bien la maison ! ses toits bleus, ses murs de briques et de pierre, ses douves, les reflets dans les dormantes eaux... C'était une vieille maison où l'on aurait logé plus de douze ; Marceline, trois domestiques, moi-même parfois y aidant, nous avions fort à faire d'en animer une partie. Notre vieux garde, qui se nommait Bocage, avait déjà fait apprêter de son mieux quelques pièces : de leur sommeil de vingt années les vieux meubles se réveillèrent ; tout était resté tel que mon souvenir le voyait, les lambris point trop délabrés, les chambres aisément habitables. Pour nous mieux accueillir, Bocage avait rempli de fleurs tous les vases qu'il avait trouvés. Il avait fait sarcler, ratisser la grand-cour et du parc les plus proches allées. La maison, quand nous arrivâmes, recevait le dernier rayon de soleil, et de la vallée devant elle une immobile brume était montée qui voilait et qui révélait la rivière. Dès avant d'arriver, je reconnus soudain l'odeur de l'herbe ; et quand j'entendis de nouveau tourner autour de la maison les cris aigus des hirondelles, tout le passé soudain se souleva, comme s'il m'attendait et, me reconnaissant, voulait se refermer sur mon approche.

Au bout de quelques jours, la maison devint à peu près confortable ; j'aurais pu me mettre au travail ; je tardais, écoutant encore se rappeler à moi minutieusement mon passé, puis bientôt occupé par une émotion trop nouvelle : Marceline, une semaine après notre arrivée, me confia qu'elle était enceinte.

Il me sembla dès lors que je lui dusse des

soins nouveaux, qu'elle eût droit à plus de tendresse ; tout au moins dans les premiers temps qui suivirent sa confidence je passai donc près d'elle presque tous les moments du jour. Nous allions nous asseoir près du bois, sur le banc où jadis j'allais m'asseoir avec ma mère ; là, plus voluptueusement se présentait à nous chaque instant, plus insensiblement coulait l'heure. De cette époque de ma vie, si nul souvenir distinct ne se détache, ce n'est point que j'en garde une moins vive reconnaissance — mais bien parce que tout s'y mêlait, s'y fondait en un uniforme bien-être, où le soir s'unissait au matin sans saccades, où les jours se liaient les uns aux autres sans surprises.

Je repris lentement mon travail, l'esprit calme, dispos, sûr de sa force, regardant le futur avec confiance et sans fièvre, la volonté comme adoucie, et comme étouffant le conseil de cette terre tempérée.

Nul doute, pensais-je, que l'exemple de cette terre, où tout s'apprête au fruit, à l'utile moisson, ne doive avoir sur moi la plus excellente influence. J'admirais quel tranquille avenir promettaient ces robustes bœufs, ces vaches pleines dans ces opulentes prairies. Les pommiers en ordre plantés aux favorables penchants des collines annonçaient cet été des récoltes superbes ; je rêvais sous quelle riche charge de fruits allaient bientôt ployer leurs branches. De cette abondance ordonnée, de cet asservissement joyeux, de ces souriantes cultures, une harmonie s'établissait, non plus _fortuite_ mais dictée, un rythme, une beauté tout à la fois humaine et naturelle, où l'on ne savait plus ce que l'on admirait, tant étaient confondus en une très parfaite entente l'éclatement fécond de la libre nature, l'effort savant de l'homme pour la régler. Que serait cet effort, pensais-je, sans la puissante sauvagerie qu'il domine ? Que serait le sauvage élan de cette sève débordante sans l'intelligent effort qui l'_endigue_ et l'amène en riant au luxe ? — Et je me laissais rêver à telles terres où toutes forces fussent si bien réglées, toutes dépenses si compensées, tous échanges si stricts, que le moindre déchet devînt sensible ; puis, appliquant mon rêve à la vie, je me construisais une éthique qui devenait une science de la parfaite utilisation de soi par une intelligente contrainte.

Où s'enfonçaient, où se cachaient alors mes turbulences de la veille ? Il semblait, tant j'étais calme, qu'elles n'eussent jamais été. Le flot de mon amour les avait recouvertes toutes...

Cependant le vieux Bocage autour de nous faisait du zèle ; il dirigeait, surveillait, conseillait ; on sentait à l'excès son besoin de se paraître indispensable. Pour ne pas le désobliger, il fallut examiner ses comptes, écouter tout au long ses explications infinies. Cela même ne lui suffit point ; je dus l'accompagner sur les terres. Sa sentencieuse _prud'homie_, ses continuels discours, l'évidente satisfaction de lui-même, la montre qu'il faisait de son honnê-

teté, au bout de peu de temps m'exaspérèrent ;
il devenait de plus en plus pressant, et tous
moyens m'eussent paru bons, pour reconqué-
rir mes aises — lorsqu'un événement inat-
tendu vint donner à mes relations avec lui un
caractère différent : Bocage, un certain soir,
m'annonça qu'il attendait pour le lendemain
son fils Charles.

Je dis : « Ah ! » presque indifférent, ne
m'étant, jusqu'alors, pas beaucoup soucié des
enfants que pouvait avoir Bocage ; puis,
voyant que mon indifférence l'affectait, qu'il
attendait de moi quelque marque d'intérêt et
de surprise :

« Où donc était-il à présent ? demandai-je.

— Dans une ferme modèle, près d'Alençon,
répondit Bocage.

— Il doit bien avoir à présent près de...
continuai-je, supputant l'âge de ce fils dont
j'avais ignoré jusqu'alors l'existence, et parlant assez lentement pour lui laisser le temps
de m'interrompre...

— Dix-sept ans passés, reprit Bocage. Il
n'avait pas beaucoup plus de quatre ans
quand Madame votre mère est morte. Ah !
c'est un grand gars maintenant ; bientôt il en
saura plus que son père... » Et Bocage une fois
lancé, rien ne pouvait plus l'arrêter, si visible
que je fisse paraître ma lassitude.

Le lendemain je ne pensais plus à cela,
quand Charles, vers la fin du jour, frais arrivé,
vint présenter à Marceline et à moi ses res-
pects. C'était un beau gaillard, si riche de

santé, si souple, si bien fait, que les affreux habits de ville qu'il avait mis en notre honneur ne parvenaient pas à le rendre trop ridicule ; à peine sa timidité ajoutait-elle encore à sa belle rougeur naturelle. Il semblait n'avoir que quinze ans, tant la clarté de son regard était demeurée enfantine ; il s'exprimait bien clairement, sans fausse honte, et, contrairement à son père, ne parlait pas pour ne rien dire. Je ne sais plus quels propos nous échangeâmes ce premier soir ; occupé de le regarder, je ne trouvais rien à lui dire et laissais Marceline lui parler. Mais le jour suivant, pour la première fois, je n'attendis pas que le vieux Bocage vînt me prendre pour monter sur la ferme, où je savais qu'étaient commencés des travaux.

Il s'agissait de réparer une mare. Cette mare, grande comme un étang, fuyait ; on connaissait le lieu de cette fuite et l'on devait le cimenter. Il fallait pour cela commencer par vider la mare, ce qu'on n'avait pas fait depuis quinze ans. Carpes et tanches y abondaient, quelques-unes très grosses, qui ne quittaient plus les bas-fonds. J'étais désireux d'en acclimater dans les eaux des douves et d'en donner aux ouvriers, de sorte que la partie de plaisir d'une pêche s'ajoutait cette fois au travail, ainsi que l'annonçait l'extraordinaire animation de la ferme ; quelques enfants des environs étaient venus, s'étaient mêlés aux travailleurs. Marceline elle-même devait un peu plus tard nous rejoindre.

L'eau baissait depuis longtemps déjà quand

j'arrivai. Parfois un grand frémissement en ridait soudain la surface, et les dos bruns des poissons inquiets transparaissaient. Dans les flaques du bord, des enfants pataugeurs capturaient un fretin brillant qu'ils jetaient dans des seaux pleins d'eau claire. L'eau de la mare, que l'émoi des poissons achevait de troubler, était terreuse et devenait d'instant en instant plus opaque. Les poissons abondaient au-delà de toute espérance ; quatre valets de ferme en ramenaient en plongeant la main au hasard. Je regrettais que Marceline se fît attendre et je me décidais à courir la chercher lorsque quelques cris annoncèrent les premières anguilles. On ne réussissait pas à les prendre ; elles glissaient entre les doigts. Charles, qui jusqu'alors était resté près de son père sur la rive, n'y tint plus ; il ôta brusquement ses souliers, ses chaussettes, mit bas sa veste et son gilet, puis relevant très haut son pantalon et les manches de sa chemise, il entra dans la vase résolument. Tout aussitôt je l'imitai.

« Eh bien ! Charles ! criai-je, avez-vous bien fait de revenir hier ? »

Il ne répondit rien, mais me regarda tout riant, déjà fort occupé à sa pêche. Je l'appelai bientôt pour m'aider à cerner une grosse anguille ; nous unissions nos mains pour la saisir... Puis, après celle-là, ce fut une autre ; la vase nous éclaboussait au visage ; parfois on enfonçait brusquement et l'eau nous montait jusqu'aux cuisses ; nous fûmes bientôt tout trempés. A peine dans l'ardeur du jeu échangions-nous quelques cris, quelques phrases ; mais, à la fin du jour, je m'aperçus que je tutoyais Charles, sans bien savoir quand j'avais commencé. Cette action commune nous en avait appris plus l'un sur l'autre que n'aurait pu le faire une longue conversation. Marceline n'était pas encore venue et ne vint pas, mais déjà je ne regrettais plus son absence ; il me semblait qu'elle eût un peu gêné notre joie.

Dès le lendemain je sortis retrouver Charles sur la ferme. Nous nous dirigeâmes tous deux vers les bois.

Moi qui connaissais mal mes terres et m'inquiétais peu de ne les pas connaître, je fus fort étonné de voir que Charles les connaissait fort bien, ainsi que les répartitions des fermages ; il m'apprit, ce dont je me doutais à peine, que j'avais six fermiers, que j'eusse pu toucher seize à dix-huit mille francs de fermages, et que si j'en touchais à grand-peine la moitié c'est que presque tout s'absorbait en réparations de toutes sortes et en paiement d'intermédiaires. Certains sourires qu'il avait en examinant les cultures me firent bientôt douter que l'exploitation de mes terres fût aussi excellente que j'avais pu le croire d'abord et que me le donnait à entendre Bocage ; je poussai Charles sur ce sujet, et cette intelligence toute pratique, qui m'exaspérait en Bocage, en cet enfant sut m'amuser. Nous reprîmes jour après jour nos promenades ; la propriété était vaste, et quand nous eûmes bien fouillé tous les coins nous recommençâmes avec plus de méthode. Charles ne me dissimulait point l'irritation que lui causait la vue de certains champs mal cultivés, d'espaces pris de genêts, de chardons, d'herbes sures ; il sut me faire partager cette haine pour la jachère et rêver avec lui de cultures mieux ordonnées. *terre reposante*

« Mais, lui disais-je d'abord, de ce médiocre entretien, qui en souffre ? Le fermier tout seul, n'est-ce pas ? Le rapport de sa ferme, s'il varie, ne fait pas varier le prix d'affermage. »

Et Charles s'irritait un peu : — Vous n'y connaissez rien, se permettait-il de répondre — et je souriais aussitôt. — Ne considérant que le revenu, vous ne voulez pas remarquer que le capital se détériore. Vos terres, à être imparfaitement cultivées, perdent lentement leur valeur.

« Si elles pouvaient, mieux cultivées, rapporter plus, je doute que le fermier ne s'y attelle ; je le sais trop intéressé pour ne pas récolter tant qu'il peut.

« Vous comptez, continuait Charles, sans l'augmentation de main-d'œuvre. Ces terres sont parfois loin des fermes. A être cultivées elles ne rapporteraient rien ou presque, mais au moins ne s'abîmeraient pas... »

Et la conversation continuait. Parfois pendant une heure et tout en arpentant les champs nous semblions ressasser les mêmes choses ; mais j'écoutais et, petit à petit, m'instruisais.

« Après tout, cela regarde ton père, lui dis-je un jour, impatienté. Charles rougit un peu :

— Mon père est vieux, dit-il ; il a déjà beaucoup à faire de veiller à l'exécution des baux, à l'entretien des bâtiments, à la bonne rentrée des fermages. Sa mission ici n'est pas de réformer.

— Quelles réformes proposerais-tu, toi ? continuais-je. Mais alors il se dérobait, prétendait ne pas s'y connaître ; ce n'est qu'à force d'insistances que je le contraignais à s'expliquer :

— Enlever aux fermiers toutes terres qu'ils laissent incultivées, finissait-il par conseiller. Si les fermiers laissent une partie de leurs champs en jachère, c'est preuve qu'ils ont trop du tout pour vous payer ; ou s'ils prétendent garder tout, hausser le prix de leurs fermages. — Ils sont tous paresseux, dans ce pays », ajoutait-il.

Des six fermes que je me trouvais avoir, celle où je me rendais le plus volontiers était située sur la colline qui dominait La Morinière ; on l'appelait La Valterie ; le fermier qui l'occupait n'était pas déplaisant ; je causais volontiers avec lui. Plus près de La Morinière, une ferme dite « la ferme du Château » était louée à demi par un système de demi-métayage qui laissait Bocage, à défaut du propriétaire absent, possesseur d'une partie du bétail. A présent que ma défiance était née, je commençais à soupçonner l'honnête Bocage lui-même, sinon de me duper, du moins de me laisser duper par plusieurs. On me réservait, il est vrai, une écurie et une étable, mais il me parut bientôt qu'elles n'étaient inventées que pour permettre au fermier de nourrir ses vaches et ses chevaux avec mon avoine et mon foin. J'avais écouté bénévolement jusqu'alors les plus invraisemblables nouvelles que Bocage, de temps à autres, m'en donnait : mortalités, malformations et maladies, j'acceptais tout. Qu'il suffît qu'une des vaches du fermier tombât malade pour devenir une de mes vaches, je n'avais pas encore pensé que cela fût possible ; ni qu'il suffît qu'une de mes vaches allât très bien pour devenir vache du fermier ; cependant quelques remarques imprudentes de Charles, quelques observations personnelles commencèrent à m'éclairer ; puis mon esprit, une fois en éveil, alla vite.

Marceline avertie par moi vérifia minutieusement tous les comptes, mais n'y put relever aucune erreur ; l'honnêteté de Bocage s'y réfugiait. — Que faire ? — Laisser faire. — Mais au moins, sourdement irrité, surveillai-je à présent les bêtes, sans pourtant trop le laisser voir.

J'avais quatre chevaux et dix vaches ; c'était assez pour bien me tourmenter. De mes quatre chevaux, il en était un qu'on nommait encore « le poulain », malgré qu'il eût trois ans passés ; on s'occupait alors de le dresser ; je commençais à m'y intéresser lorsqu'un beau jour on vint me déclarer qu'il était parfaitement intraitable, qu'on n'en pourrait jamais rien faire et que le mieux était de m'en débarrasser. Comme si j'en eusse voulu douter, on l'avait fait briser le devant d'une petite charrette et s'y ensanglanter les jarrets.

J'eus, ce jour-là, peine à garder mon calme, et ce qui me retint ce fut la gêne de Bocage. Après tout, il y avait chez lui plus de faiblesse que de mauvais vouloir, pensai-je, la faute en est aux serviteurs ; mais ils ne se sentent pas dirigés.

Je sortis dans la cour, voir le poulain. Dès qu'il m'entendit approcher, un serviteur qui le frappait le caressa ; je fis comme si je n'avais rien vu. Je ne connaissais pas grand-chose aux chevaux, mais ce poulain me semblait beau ; c'était un demi-sang bai clair, aux formes remarquablement élancées ; il avait l'œil très vif, la crinière, ainsi que la queue, presque blondes. Je m'assurai qu'il n'était pas blessé, exigeai qu'on pansât ses écorchures et repartis sans ajouter un mot.

Le soir, dès que je revis Charles, je tâchai de savoir ce que lui pensait du poulain.

« Je le crois très doux, me dit-il ; mais ils ne savent pas s'y prendre ; ils vous le rendront enragé.

— Comment t'y prendrais-tu, toi ?

— Monsieur veut-il me le confier pour huit jours ? j'en réponds.

— Et que lui feras-tu ?

— Vous verrez... »

Le lendemain Charles emmena le poulain dans un recoin de prairie qu'ombrageait un noyer superbe et que contournait la rivière ; je m'y rendis acompagné de Marceline. C'est un de mes plus vifs souvenirs. Charles avait attaché le poulain, par une corde de quelques mètres, à un pieu solidement fiché dans le sol. Le poulain, trop nerveux, s'était, paraît-il, fougueusement débattu quelque temps ; à présent, assagi, lassé, il tournait en rond d'une façon plus calme ; son trot, d'une élasticité surprenante, était aimable à regarder et séduisait comme une danse. Charles, au centre du cercle, évitant à chaque tour la corde d'un saut brusque, l'excitait ou le calmait de la parole ; il tenait à la main un grand fouet, mais je ne le vis pas s'en servir. Tout, dans son air et dans ses gestes, par sa jeunesse et par sa joie, donnait à ce travail le bel aspect fervent du plaisir. Brusquement et je ne sais comment, il enfourcha la bête ; elle avait ralenti son allure, puis s'était arrêtée ; il l'avait caressée un peu, puis soudain je le vis à cheval, sûr de lui, se maintenant à peine à la crinière, riant, penché, prolongeant sa caresse. A peine le poulain avait-il un instant regimbé ; à présent il reprenait son trot égal, si beau, si souple, que j'enviai Charles et le lui dis.

« Encore quelques jours de dressage et la selle ne le chatouillera plus ; dans deux semaines, Madame elle-même osera le monter : il sera doux comme une agnelle. » f. de agneau

Il disait vrai ; quelques jours après, le cheval se laissa caresser, habiller, mener, sans défiance ; et Marceline même l'eût monté si son état lui eût permis cet exercice.

« Monsieur devrait bien l'essayer », me dit Charles.

C'est ce que je n'eusse jamais fait seul ; mais Charles proposa de seller pour lui-même un autre cheval de la ferme ; le plaisir de l'accompagner m'emporta.

Que je fus reconnaissant à ma mère de m'avoir conduit au manège durant ma première jeunesse ! Le lointain souvenir de ces premières leçons me servit. Je ne me sentis pas trop étonné d'être en selle ; au bout de peu d'instants j'étais sans crainte aucune et à mon aise. Le cheval que montait Charles était plus lourd, sans race, mais point désagréable à voir ; surtout, Charles le montait bien. Nous prîmes l'habitude de sortir un peu chaque jour ; de préférence nous partions de grand matin, dans l'herbe claire dè rosée ; nous gagnions la limite des bois ; des coudres ruisselants, secoués au passage, nous trempaient ; l'horizon tout à coup s'ouvrait ; c'était la vaste vallée d'Auge ; au loin on soupçonnait la mer. Nous restions un instant, sans descendre ; le soleil naissant colorait, écartait, dispersait les brumes ; puis nous repartions au grand trot ; nous nous attardions sur la ferme ; le travail commençait à peine ; nous savourions cette joie fière, de précéder et dominer les travailleurs ; puis brusquement nous les quittions ; je rentrais à La Morinière, au moment que Marceline se levait.

Je rentrais ivre d'air, étourdi de vitesse, les membres engourdis un peu d'une voluptueuse lassitude, l'esprit plein de santé, d'appétit, de fraîcheur. Marceline approuvait, encourageait ma fantaisie. En rentrant, encore tout guêtré, j'apportais vers le lit où elle s'attardait à m'attendre, une odeur de feuilles mouillées qui lui plaisait, me disait-elle. Et elle m'écoutait raconter notre course, l'éveil des champs, le recommencement du travail... Elle prenait autant de joie, semblait-il, à me sentir vivre, qu'à vivre. — Bientôt de cette joie aussi j'abusai ; nos promenades s'allongèrent, et parfois je ne rentrais plus que vers midi.

cuir recouvrant le soulier et la jambe

Cependant je réservais de mon mieux la fin du jour et la soirée à la préparation de mon cours. Mon travail avançait ; j'en étais satisfait et ne considérais pas comme impossible qu'il valût la peine plus tard de réunir mes leçons en volume. Par une sorte de réaction naturelle, tandis que ma vie s'ordonnait, se réglait et que je me plaisais autour de moi à régler et à ordonner toutes choses, je m'éprenais de plus en plus de l'éthique fruste des Goths, et, tandis qu'au long de mon cours je m'occupais, avec une hardiesse que l'on me reprocha suffisamment dans la suite, d'exalter l'inculture et d'en dresser l'apologie, je m'ingéniais laborieusement à dominer sinon à supprimer tout ce qui la pouvait rappeler autour de moi comme en moi-même. Cette sagesse, ou bien cette folie, jusqu'où ne la poussai-je pas ?

discours

opposités

Deux de mes fermiers, dont le bail expirait à

95

la Noël, désireux de le renouveler vinrent me trouver ; il s'agissait de signer, selon l'usage, la feuille dite « promesse de bail ». Fort des assurances de Charles, excité par ses conversations quotidiennes, j'attendais résolument les fermiers. Eux, forts de ce qu'un fermier se remplace malaisément, réclamèrent d'abord une diminution de loyer. Leur stupeur fut d'autant plus grande lorsque je leur lus les « promesses » que j'avais rédigées moi-même, où non seulement je me refusais à baisser le prix des fermages, mais encore leur retirais certaines pièces de terre dont j'avais constaté qu'ils ne faisaient aucun usage. Ils feignirent d'abord le prendre en riant : Je plaisantais. Qu'avais-je affaire de ces terres ? Elles ne valaient rien ; et s'ils n'en faisaient rien, c'était qu'on n'en pouvait rien faire... Puis, voyant mon sérieux, ils s'obstinèrent ; je m'obstinai de mon côté. Ils crurent m'effrayer en me menaçant de partir. Moi qui n'attendais que ce mot :

« Eh ! partez donc si vous voulez ! Je ne vous retiens pas », leur dis-je. Je pris les promesses de bail et les déchirai devant eux.

Je restai donc, avec plus de cent hectares sur les bras. Depuis quelque temps déjà je projetais d'en confier la haute direction à Bocage, pensant bien qu'indirectement c'est à Charles que je la donnais ; je prétendais aussi m'en occuper beaucoup moi-même ; d'ailleurs je ne réfléchis guère : le risque même de l'entreprise me tentait. Les fermiers ne délogeaient qu'à la

Noël ; d'ici là nous pouvions bien nous retourner. Je prévins Charles ; sa joie aussitôt me déplut ; il ne put la dissimuler ; elle me fit sentir encore plus sa beaucoup trop grande jeunesse. Le temps pressait déjà ; nous étions à cette époque de l'année où les premières récoltes laissent libres les champs pour les premiers labours. Par une convention établie, les travaux du fermier sortant et ceux du nouveau se côtoient, le premier abandonnant son bien pièce après pièce et sitôt les moissons rentrées. Je redoutais, comme une sorte de vengeance, l'animosité des deux fermiers congédiés ; il leur plut au contraire de feindre à mon égard une parfaite complaisance (je ne sus que plus tard l'avantage qu'ils y trouvaient). J'en profitai pour courir le matin et le soir sur leurs terres qui devaient donc me revenir bientôt. L'automne commençait ; il fallut embaucher plus d'hommes pour hâter les labours, les semailles ; nous avions acheté herses, rouleaux, charrues ; je me promenais à cheval, surveillant, dirigeant les travaux, prenant plaisir à commander moi-même, à dominer.

Cependant, dans les prés voisins, les fermiers récoltaient les pommes ; elles tombaient, roulaient dans l'herbe épaisse, abondantes comme à nulle autre année ; les travailleurs n'y pouvaient point suffire ; il en venait des villages voisins ; on les embauchait pour huit jours ; Charles et moi, parfois nous amusions à les aider. Les uns gaulaient les branches pour en faire tomber les fruits tardifs; on récoltait à part les fruits tombés d'eux-mêmes, trop mûrs, souvent talés, écrasés dans les hautes herbes; on ne pouvait marcher sans en fouler. L'odeur montant du pré était âcre et douceâtre et se mêlait à celle des labours.

L'automne s'avançait. Les matins des derniers beaux jours sont les plus frais, les plus limpides. Parfois l'atmosphère mouillée bleuissait les lointains, les reculait encore, faisait d'une promenade un voyage; le pays semblait agrandi; parfois, au contraire, la transparence anormale de l'air rendait les horizons tout proches; on les eût atteints d'un coup d'aile; et je ne sais ce qui des deux emplissait de plus de langueur. Mon travail était à peu près achevé; du moins je le disais afin d'oser mieux m'en distraire. Le temps que je ne passais plus à la ferme, je le donnais à Marceline. Ensemble nous sortions dans le jardin; nous marchions lentement, elle languissamment et pesant à mon bras; nous allions nous asseoir sur un banc, d'où l'on dominait le vallon que le soir emplissait de lumière. Elle avait une tendre façon de s'appuyer sur mon épaule; et nous restions ainsi jusqu'au soir, sentant fondre en nous la journée, sans gestes, sans paroles... De combien de silence déjà savait s'envelopper notre amour! C'est que déjà l'amour de Marceline était plus fort que les mots pour le dire, et que j'étais parfois presque angoissé par cet amour.

Comme un souffle parfois plisse une eau très tranquille, la plus légère émotion sur son front se laissait lire ; en elle, mystérieusement, elle écoutait frémir une nouvelle vie ; je me penchais sur elle comme sur une profonde eau pure, où, si loin qu'on voyait, on ne voyait que de l'amour. Ah ! si c'était encore le bonheur, je sais que j'ai voulu dès lors le retenir, comme on veut retenir dans ses mains rapprochées, en vain, une eau fuyante ; mais déjà je sentais, à côté du bonheur, quelque autre chose que le bonheur, qui colorait bien mon amour, mais comme colore l'automne.

L'automne s'avançait. L'herbe, chaque matin plus trempée, ne séchait plus au revers de l'orée ; à la fine aube elle était blanche. Les canards, sur l'eau des douves, battaient de l'aile ; ils s'agitaient sauvagement ; on les voyait parfois se soulever, faire avec de grands cris, dans un vol tapageur, tout le tour de La Morinière. Un matin nous ne les vîmes plus ; Bocage les avait enfermés. Charles me dit qu'on les enferme ainsi chaque automne, à l'époque de la migration. Et, peu de jours après, le temps changea. Ce fut, un soir, tout à coup, un grand souffle, une haleine de mer, forte, non divisée, amenant le nord et la pluie, emportant les oiseaux nomades. Déjà l'état de Marceline, les soins d'une installation nouvelle, les premiers soucis de mon cours nous eussent rappelés en ville. La mauvaise saison, qui commençait tôt, nous chassa.

Les travaux de la ferme, il est vrai, devaient

me rappeler en novembre. J'avais été fort dépité d'apprendre les dispositions de Bocage pour l'hiver ; il me déclara son désir de renvoyer Charles sur la ferme modèle où il avait, prétendait-il, encore passablement à apprendre ; je causai longuement, employai tous les arguments que je trouvai mais ne pus le faire céder ; tout au plus accepta-t-il d'écourter un peu ces études pour permettre à Charles de revenir un peu plus tôt. Bocage ne me dissimulait pas que l'exploitation des deux fermes ne se ferait pas sans grand-peine ; mais il avait en vue, m'apprit-il, deux paysans très sûrs qu'il comptait prendre sous ses ordres ; ce seraient presque des fermiers, presque des métayers, presque des serviteurs ; la chose était, pour le pays, trop nouvelle pour qu'il en augurât rien de bon ; mais c'était, disait-il, moi qui l'avais voulu. — Cette conversation avait lieu vers la fin d'octobre. Aux premiers jours de novembre, nous nous installions à Paris.

II

Ce fut dans la rue S..., près de Passy, que nous nous installâmes. L'appartement que nous avait indiqué un des frères de Marceline, et que nous avions pu visiter lors de notre dernier passage à Paris, était beaucoup plus grand que celui que m'avait laissé mon père, et Marceline put s'inquiéter quelque peu, non point seulement du loyer plus élevé, mais aussi de toutes les dépenses auxquelles nous allions nous laisser entraîner. A toutes ses craintes j'opposais une factice horreur du provisoire; je me forçais moi-même d'y croire et l'exagérais à dessein. Certainement les divers frais d'installation excéderaient nos revenus, cette année, mais notre fortune déjà belle devait s'accroître encore; je comptais pour cela sur mon cours, sur la publication de mon livre et même, avec quelle folie ! sur les nouveaux rendements de mes fermes. Je ne m'arrêtai donc devant aucune dépense, me disant, à chacune, que je me liais d'autant plus et prétendant supprimer du même coup toute humeur vagabonde que je pouvais sentir, ou craindre de sentir en moi.

Les premiers jours, et du matin au soir, notre temps se passa en courses ; et bien que le frère de Marceline, très obligeamment, s'offrît pour nous en épargner plusieurs, Marceline ne tarda pas à se sentir très fatiguée. Puis, au lieu du repos qui lui eût été nécessaire, il lui fallut, aussitôt installée, recevoir visites sur visites ; l'éloignement où nous avions vécu jusqu'alors les faisait à présent affluer, et Marceline, déshabituée du monde, ni ne savait les abréger, ni n'osait condamner sa porte ; je la trouvais, le soir, exténuée ; et si je ne m'inquiétai pas d'une fatigue dont je savais la cause naturelle, du moins m'ingéniai-je à la diminuer, recevant souvent à sa place, ce qui ne m'amusait guère, et parfois rendant les visites, ce qui m'amusait moins encore.

Je n'ai jamais été brillant causeur ; la frivolité des salons, leur esprit, est chose à quoi je ne pouvais me plaire ; j'en avais pourtant bien fréquenté quelques-uns naguère — mais que ce temps était donc loin ! Que s'était-il passé depuis ? Je me sentais, auprès des autres, terne, triste, fâcheux, à la fois gênant et gêné... Par une singulière malchance, vous, que je considérais déjà comme mes seuls amis véritables, n'étiez pas à Paris et n'y deviez pas revenir de longtemps. Eussé-je pu mieux vous parler ? M'eussiez-vous peut-être compris mieux que je ne faisais moi-même ? Mais de tout ce qui grandissait en moi et que je vous dis aujourd'hui, que savais-je ? L'avenir m'apparaissait tout sûr, et jamais je ne m'en étais cru plus maître.

Et quand bien même j'eusse été plus perspicace, quel recours contre moi-même pouvais-je trouver en Hubert, Didier, Maurice, et tant d'autres, que vous connaissez et jugez comme moi. Je reconnus bien vite, hélas ! l'impossibilité de me faire entendre d'eux. Dès les premières causeries que nous eûmes, je me vis comme contraint par eux de jouer un faux personnage, de ressembler à celui qu'ils croyaient que j'étais resté, sous peine de paraître feindre ; et, pour plus de commodité, je feignis donc d'avoir les pensées et les goûts qu'on me prêtait. On ne peut à la fois être sincère et le paraître.

Je revis un peu plus volontiers les gens de ma partie, archéologues et philologues, mais ne trouvai à causer avec eux guère plus de plaisir et pas plus d'émotion qu'à feuilleter de bons dictionnaires d'histoire. Tout d'abord je pus espérer trouver une compréhension un peu plus directe de la vie chez quelques romanciers et chez quelques poètes ; mais s'ils l'avaient, cette compréhension, il faut avouer qu'ils ne la montraient guère ; il me parut que la plupart ne vivaient point, se contentaient de paraître vivre et, pour un peu, eussent considéré la vie comme un fâcheux empêchement d'écrire. Et je ne pouvais pas les en blâmer ; et je n'affirme pas que l'erreur ne vînt pas de moi... D'ailleurs qu'entendais-je par : vivre ?

103

— C'est précisément ce que j'aurais voulu qu'on m'apprît. — Les uns et les autres causaient habilement des divers événements de la vie, jamais de ce qui les motive.

Quant aux quelques philosophes, dont le rôle eût été de me renseigner, je savais depuis longtemps ce qu'il fallait attendre d'eux ; mathématiciens ou néocriticistes, ils se tenaient aussi loin que possible de la troublante réalité et ne s'en occupaient pas plus que l'algébriste de l'existence des quantités qu'il mesure.

De retour près de Marceline, je ne lui cachai point l'ennui que ces fréquentations me causaient.

« Ils se ressemblent tous, lui disais-je. Chacun fait double emploi. Quand je parle à l'un d'eux, il me semble que je parle à plusieurs.

— Mais, mon ami, répondait Marceline, vous ne pouvez demander à chacun de différer de tous les autres.

— Plus ils se ressemblent entre eux et plus ils diffèrent de moi. »

Et puis je reprenais plus tristement :

« Aucun n'a su être malade. Ils vivent, ont l'air de vivre et de ne pas savoir qu'ils vivent. D'ailleurs, moi-même, depuis que je suis auprès d'eux, je ne vis plus. Entre autres jours, aujourd'hui, qu'ai-je fait ? J'ai dû vous quitter dès neuf heures : à peine avant de partir ai-je eu le temps de lire un peu ; c'est le seul bon moment du jour. Votre frère m'attendait chez le notaire, et après le notaire il ne m'a pas lâché ; j'ai dû voir avec lui le tapissier ; il m'a gêné chez l'ébéniste et je ne l'ai laissé que chez Gaston ; j'ai déjeuné dans le quartier avec Philippe, puis j'ai retrouvé Louis qui m'attendait au café : entendu avec lui l'absurde cours de Théodore que j'ai complimenté à la sortie ; pour refuser son invitation du dimanche, j'ai dû l'accompagner chez Arthur ; avec Arthur, été voir une exposition d'aquarelles ; été déposer des cartes chez Albertine et chez Julie... Exténué, je rentre et vous trouve aussi fatiguée que moi-même, ayant vu Adeline, Marthe, Jeanne, Sophie... et quand le soir, maintenant, je repasse toutes ces occupations du jour, je sens ma journée si vaine et elle me paraît si vide, que je voudrais la ressaisir au vol, la recommencer heure après heure et que je suis triste à pleurer. »

Pourtant je n'aurais pas su dire ni ce que j'entendais par *vivre*, ni si le goût que j'avais pris d'une vie plus spacieuse et aérée, moins contrainte et moins soucieuse d'autrui, n'était pas le secret très simple de ma gêne ; ce secret me semblait bien plus mystérieux : un secret de ressuscité, pensais-je ; car je restais un étranger parmi les autres, comme quelqu'un qui revient de chez les morts. Et d'abord je ne ressentis qu'un assez douloureux désarroi ; mais bientôt un sentiment très neuf se fit jour. Je n'avais éprouvé nul orgueil, je l'affirme, lors de la publication des travaux qui me valurent tant d'éloges. Était-ce de l'orgueil, à présent ? Peut-être ; mais du moins aucune nuance de vanité ne s'y mêlait. C'était, pour la première fois, la conscience de ma valeur propre : ce qui me séparait, me distinguait des autres, importait ; ce que personne d'autre que moi ne disait ni ne pouvait dire, c'était ce que j'avais à dire.

Mon cours commença tôt après ; le sujet m'y portant, je gonflai ma première leçon de toute ma passion nouvelle. A propos de l'extrême civilisation latine, je peignais la culture artistique, montant à fleur de peuple, à la manière d'une sécrétion, qui d'abord indique pléthore, surabondance de santé, puis aussitôt se fige, se durcit, s'oppose à tout parfait contact de l'esprit avec la nature, cache sous l'apparence persistante de la vie la diminution de la vie, forme gaine où l'esprit gêné languit et bientôt s'étiole, puis meurt. Enfin, poussant à bout ma pensée, je disais la Culture, née de la vie, tuant la vie.

Les historiens blâmèrent une tendance, dirent-ils, aux généralisations trop rapides. D'autres blâmèrent ma méthode ; et ceux qui me complimentèrent furent ceux qui m'avaient le moins compris.

Ce fut à la sortie de mon cours que je revis pour la première fois Ménalque. Je ne l'avais jamais beaucoup fréquenté, et, peu de temps avant mon mariage, il était reparti pour une de ces explorations lointaines qui nous privaient de lui parfois plus d'une année. Jadis il ne me plaisait guère ; il semblait fier et ne s'intéressait pas à ma vie. Je fus donc étonné de le voir à ma première leçon. Son insolence même, qui m'écartait de lui d'abord, me plut, et le sourire qu'il me fit me parut plus charmant de ce que je le savais plus rare. Récemment, un absurde, un honteux procès à scandale avait été pour les journaux une commode occasion de le salir ; ceux que son dédain et sa supériorité blessaient s'emparèrent de ce prétexte à leur vengeance ; et ce qui les irritait le plus, c'est qu'il n'en parût pas affecté.

« Il faut, répondait-il aux insultes, laisser les autres avoir raison, puis que cela les console de n'avoir pas autre chose. »

Mais la « bonne société » s'indigna et ceux qui, comme l'on dit, « se respectent » crurent devoir se détourner de lui et lui rendre ainsi son mépris. Ce me fut une raison de plus : attiré vers lui par une secrète influence, je m'approchai et l'embrassai amicalement devant tous.

Voyant avec qui je causais, les derniers importuns se retirèrent ; je restai seul avec Ménalque.

Après les irritantes critiques et les ineptes compliments, ses quelques paroles au sujet de mon cours me reposèrent.

« Vous brûlez ce que vous adoriez, dit-il. Cela est bien. Vous vous y prenez tard ; mais la flamme est d'autant plus nourrie. Je ne sais encore si je vous entends bien ; vous m'intriguez. Je ne cause pas volontiers, mais voudrais causer avec vous. Dînez donc avec moi ce soir.

— Cher Ménalque, lui répondis-je, vous semblez oublier que je suis marié.

— Oui, c'est vrai, reprit-il ; à voir la cordiale franchise avec laquelle vous osiez m'aborder, j'avais pu vous croire plus libre. »

Je craignais de l'avoir blessé ; plus encore de paraître faible, et lui dis que je le rejoindrais après dîner.

A Paris, toujours en passage, Ménalque logeait à l'hôtel ; il s'y était, pour ce séjour, fait aménager plusieurs pièces en manière d'appartement ; il avait là ses domestiques, mangeait à part, vivait à part, avait étendu sur les murs, sur les meubles dont la banale laideur l'offusquait, quelques étoffes de haut prix qu'il avait rapportées du Népal et qu'il achevait, disait-il, de ternir avant de les offrir à un musée. Ma hâte à le rejoindre avait été si grande, que je le surpris encore à table quand j'entrai ; et comme je m'excusais de troubler son repas :

« Mais, me dit-il, je n'ai pas l'intention de l'interrompre et compte bien que vous me le laisserez achever. Si vous étiez venu dîner, je vous aurais versé du chiraz, de ce vin que chantait Hafiz, mais il est trop tard à présent ; il faut être à jeûn pour le boire ; prendrez-vous du moins des liqueurs ? »

J'acceptai, pensant qu'il en prendrait aussi ; puis, voyant qu'on n'apportait qu'un verre, je m'étonnai :

« Excusez-moi, dit-il, mais je n'en bois presque jamais.

— Craindriez-vous de vous griser ?

— Oh ! répondit-il, au contraire ! Mais je tiens la sobriété pour une plus puissante ivresse ; j'y garde ma lucidité.

— Et vous versez à boire aux autres... »

Il sourit.

« Je ne peux, dit-il, exiger de chacun mes vertus. C'est déjà beau si je retrouve en eux mes vices...

— Du moins fumez-vous ?

— Pas davantage. C'est une ivresse impersonnelle, négative et de trop facile conquête ; je cherche dans l'ivresse une exaltation et non une diminution de la vie. — Laissons cela. Savez-vous d'où je viens ? — De Biskra. — Sachant que vous veniez d'y passer, j'ai voulu rechercher vos traces. Qu'était-il donc venu faire à Biskra, cet aveugle érudit, ce liseur ? — Je n'ai coutume d'être discret que pour ce que l'on me confie ; pour ce que j'apprends par moi-même, ma curiosité, je l'avoue, est sans bornes. J'ai donc cherché, fouillé, questionné partout où j'ai pu. Mon indiscrétion m'a servi, puisqu'elle m'a donné désir de vous revoir ; puisqu'au lieu du savant routinier que je voyais en vous naguère, je sais que je dois voir à présent... c'est à vous de m'expliquer quoi. »

Je sentis que je rougissais.

« Qu'avez-vous donc appris sur moi, Ménalque ?

— Vous voulez le savoir ? Mais n'ayez donc

pas peur! Vous connaissez assez vos amis et les miens pour savoir que je ne peux parler de vous à personne. Vous avez vu si votre cours était compris!

— Mais, dis-je avec une légère impatience, rien ne me montre encore que je puisse vous parler plus qu'aux autres. Allons! qu'est-ce que vous avez appris sur moi?

— D'abord, que vous aviez été malade.

— Mais cela n'a rien de...

— Oh! c'est déjà très important. Puis on m'a dit que vous sortiez volontiers seul, sans livre (et c'est là que j'ai commencé d'admirer), ou, lorsque vous n'étiez plus seul, accompagné moins volontiers de votre femme que d'enfants... Ne rougissez donc pas, ou je ne vous dis pas la suite.

— Racontez sans me regarder.

— Un des enfants — il avait nom Moktir s'il m'en souvient — beau comme peu, voleur et pipeur comme aucun, me parut en avoir long à dire; j'attirai, j'achetai sa confiance, ce qui, vous le savez, n'est pas facile, car je crois qu'il mentait encore en disant qu'il ne mentait plus... Ce qu'il m'a raconté de vous, dites-moi donc si c'est véritable. »

Ménalque cependant s'était levé et avait sorti d'un tiroir une petite boîte qu'il ouvrit.

« Ces ciseaux étaient-ils à vous? dit-il en me tendant quelque chose d'informe, de rouillé, d'épointé, de faussé; je n'eus pas grand-peine pourtant à reconnaître là les petits ciseaux qu'avait escamotés Moktir.

— Oui ; ce sont ceux, c'étaient ceux de ma femme.

— Il prétend vous les avoir pris pendant que vous tourniez la tête, un jour que vous étiez seul avec lui dans une chambre ; mais l'intéressant n'est pas là ; il prétend qu'à l'instant qu'il les cachait dans son burnous, il a compris que vous le surveilliez dans une glace et surpris le reflet de votre regard l'épier. Vous aviez vu le vol et vous n'avez rien dit ! Moktir s'est montré fort surpris de ce silence... moi aussi.

— Je ne le suis pas moins de ce que vous me dites. Comment ! il savait donc que je l'avais surpris !

— Là n'est pas l'important ; vous jouiez au plus fin ; à ce jeu, ces enfants nous rouleront toujours. Vous pensiez le tenir et c'était lui qui vous tenait... Là n'est pas l'important. Expliquez-moi votre silence.

— Je voudrais qu'on me l'expliquât. »

Nous restâmes pendant quelque temps sans parler. Ménalque, qui marchait de long en large dans la pièce, alluma distraitement une cigarette, puis tout aussitôt la jeta.

« Il y a là, reprit-il, un " sens ", comme disent les autres, un " sens " qui semble vous manquer, cher Michel.

— Le " sens moral ", peut-être, dis-je en m'efforçant de sourire.

— Oh ! simplement celui de la propriété.

— Il ne me paraît pas que vous l'ayez beaucoup vous-même.

— Je l'ai si peu, qu'ici, voyez, rien n'est à moi ; pas même ou surtout pas, le lit où je me couche. J'ai l'horreur du repos ; la possession y encourage et dans la sécurité l'on s'endort ; j'aime assez vivre pour prétendre vivre éveillé, et maintiens donc, au sein de mes richesses mêmes, ce sentiment d'état précaire par quoi j'exaspère, ou du moins j'exalte ma vie. Je ne peux pas dire que j'aime le danger, mais j'aime la vie hasardeuse et veux qu'elle exige de moi, à chaque instant, tout mon courage, tout mon bonheur et toute ma santé...

— Alors que me reprochez-vous ? interrompis-je.

— Oh ! que vous me comprenez mal, cher Michel ; pour un coup que je fais la sottise d'essayer de professer ma foi !... Si je me soucie peu, Michel, de l'approbation ou de la désapprobation des hommes, ce n'est pas pour venir approuver ou désapprouver à mon tour ; ces mots n'ont pour moi pas grand sens. J'ai parlé beaucoup trop de moi tout à l'heure ; de me croire compris m'entraînait... Je voulais simplement vous dire que, pour quelqu'un qui n'a pas le sens de la propriété, vous semblez posséder beaucoup ; c'est grave.

— Que possédé-je tant ?

— Rien, si vous le prenez sur ce ton... Mais n'ouvrez-vous pas votre cours ? N'êtes-vous pas propriétaire en Normandie ? Ne venez-vous pas de vous installer, et luxueusement, à Passy ? Vous êtes marié. N'attendez-vous pas un enfant ?

112

— Eh bien ! dis-je impatienté, cela prouve simplement que j'ai su me faire une vie plus " dangereuse " (comme vous dites) que la vôtre.

— Oui, simplement, redit ironiquement Ménalque ; puis, se retournant brusquement, et me tendant la main :

— Allons, adieu ; voilà qui suffit pour ce soir, et nous ne dirions rien de mieux. Mais, à bientôt. »

Je restai quelque temps sans le revoir.

De nouveaux soins, de nouveaux soucis m'occupèrent ; un savant italien me signala des documents nouveaux qu'il mit au jour et que j'étudiai longuement pour mon cours. Sentir ma première leçon mal comprise avait éperonné mon désir d'éclairer différemment et plus puissamment les suivantes ; je fus par là porté à poser en doctrine ce que je n'avais fait d'abord que hasarder à titre d'ingénieuse hypothèse. Combien d'affirmateurs doivent leur force à cette chance de n'avoir pas été compris à demi-mot ! Pour moi je ne peux discerner, je l'avoue, la part d'entêtement qui, peut-être, vint se mêler au besoin d'affirmation naturelle. Ce que j'avais de neuf à dire me parut d'autant plus urgent que j'avais plus de mal à le dire, et surtout à le faire entendre.

Mais combien les phrases, hélas ! devenaient pâles près des actes ! La vie, le moindre geste de Ménalque, n'était-il pas plus éloquent mille fois que mon cours ? Ah ! que je compris bien, dès lors, que l'enseignement presque tout moral des grands philosophes antiques ait été d'exemple autant et plus encore que de paroles !

Ce fut chez moi que je revis Ménalque, près de trois semaines après notre première rencontre. Ce fut presque à la fin d'une réunion trop nombreuse. Pour éviter un dérangement quotidien, Marceline et moi préférions laisser nos portes grandes ouvertes le jeudi soir ; nous les fermions ainsi plus aisément les autres jours. Chaque jeudi, ceux qui se disaient nos amis venaient donc ; la belle dimension de nos salons nous permettait de les recevoir en grand nombre et la réunion se prolongeait fort avant dans la nuit. Je pense que les attirait surtout l'exquise grâce de Marceline et le plaisir de converser entre eux, car, pour moi, dès la seconde de ces soirées, je ne touvai plus rien à écouter, rien à dire, et dissimulai mal mon ennui. J'errais du fumoir au salon, de l'antichambre à la bibliothèque, accroché parfois par une phrase, observant peu, mais regardant comme au hasard.

Antoine, Étienne et Godefroy discutaient le dernier vote de la Chambre, vautrés sur les délicats fauteuils de ma femme. Hubert et Louis maniaient sans précaution et froissaient d'admirables eaux-fortes de la collection de mon père. Dans le fumoir, Mathias, pour écouter mieux Léonard, avait posé son cigare ardent sur une table en bois de rose. Un verre de curaçao s'était répandu sur le tapis. Les pieds boueux d'Albert, impudemment couché sur un divan, salissaient une étoffe. Et la poussière qu'on respirait était faite de l'horrible usure des choses... Il me prit une furieuse envie de pousser tous mes invités par les épaules. Meubles, étoffes, estampes, à la première tache perdaient pour moi toute valeur; choses tachées, choses atteintes de maladie et comme désignées par la mort. J'aurais voulu tout protéger, mettre tout sous clef pour moi seul. Que Ménalque est heureux, pensai-je, qui n'a rien! Moi, c'est parce que je veux conserver que je souffre. Que m'importe au fond tout cela?...

— Dans un petit salon moins éclairé, séparé par une glace sans tain, Marceline ne recevait que quelques intimes; elle était à demi étendue sur des coussins; elle était affreusement pâle, et me parut si fatiguée que j'en fus effrayé soudain et me promis que cette réception serait la dernière. Il était déjà tard. J'allais regarder l'heure à ma montre quand je sentis dans la poche de mon gilet les petits ciseaux de Moktir.

— Et pourquoi les avait-il volés, celui-là, si c'était aussitôt pour les abîmer, les détruire?
— A ce moment quelqu'un frappa sur mon épaule; je me retournai brusquement: c'était Ménalque.

Il était, presque le seul, en habit. Il venait

115

d'arriver. Il me pria de le présenter à ma femme ; je ne l'eusse certes pas fait de moi-même. Ménalque était élégant, presque beau ; d'énormes moustaches tombantes, déjà grises, coupaient son visage de pirate ; la flamme froide de son regard indiquait plus de courage et de décision que de bonté. Il ne fut pas plutôt devant Marceline que je compris qu'il ne lui plaisait pas. Après qu'il eut avec elle échangé quelques banales phrases de politesse, je l'entraînai dans le fumoir.

J'avais appris le matin même la nouvelle mission dont le ministère des Colonies le chargeait ; divers journaux rappelant à ce sujet son aventureuse carrière semblaient oublier leurs basses insultes de la veille et ne trouvaient pas de termes assez vifs pour le louer. Ils exagéraient à l'envi les services rendus au pays, à l'humanité tout entière par les étranges découvertes de ses dernières explorations, tout comme s'il n'entreprenait rien que dans un but humanitaire ; et l'on vantait de lui des traits d'abnégation, de dévouement, de hardiesse, tout comme s'il eût dû trouver une récompense en ces éloges.

Je commençais de le féliciter ; il m'interrompit dès les premiers mots :

« Eh quoi ! vous aussi, cher Michel ; vous ne m'aviez pourtant pas d'abord insulté, dit-il. Laissez donc aux journaux ces bêtises. Ils semblent s'étonner aujourd'hui qu'un homme de mœurs décriées puisse pourtant avoir encore quelques vertus. Je ne sais faire en moi

116

les distinctions et les réserves qu'ils prétendent établir, et n'existe qu'en totalité. Je ne
prétends à rien qu'au naturel, et, pour chaque
action, le plaisir que j'y prends m'est signe que
je devais la faire.

— Cela peut mener loin, lui dis-je.

— J'y compte bien, reprit Ménalque. Ah ! si
tous ceux qui nous entourent pouvaient se
persuader de cela. Mais la plupart d'entre eux
pensent n'obtenir d'eux-mêmes rien de bon
que par la contrainte ; ils ne se plaisent que
contrefaits. C'est à soi-même que chacun prétend le moins ressembler. Chacun se propose
un patron, puis l'imite ; même il ne choisit pas
le patron qu'il imite ; il accepte un patron tout
choisi. Il y a pourtant, je le crois, d'autres
choses à lire, dans l'homme. On n'ose pas. On
n'ose pas tourner la page. — Lois de l'imita-
tion ; je les appelle : lois de la peur. On a peur
de se trouver seul ; et l'on ne se trouve pas du
tout. Cette agoraphobie morale m'est odieuse ;
c'est la pire des lâchetés. Pourtant c'est toujours seul qu'on invente. Mais qui cherche ici
d'inventer ? Ce que l'on sent en soi de différent,
c'est précisément ce que l'on possède de rare,
ce qui fait à chacun sa valeur — et c'est là que
l'on tâche de supprimer. On imite. Et l'on
prétend aimer la vie ! »

Je laissais Ménalque parler ; ce qu'il disait
c'était précisément ce que le mois d'avant,
moi, je disais à Marceline ; et j'aurais donc dû
l'approuver. Pourquoi, par quelle lâcheté
l'interrompis-je, et lui dis-je, imitant Marce-

117

line, la phrase mot pour mot par laquelle elle m'avait alors interrompu :

« Vous ne pouvez pourtant, cher Ménalque, demander à chacun de différer de tous les autres... »

Ménalque se tut brusquement, me regarda d'une façon bizarre, puis, comme Eusèbe précisément s'approchait pour prendre congé de moi, il me tourna le dos sans façon et alla s'entretenir avec Hector de choses insignifiantes.

Aussitôt dite, ma phrase m'avait paru stupide ; et je me désolai surtout qu'elle pût faire croire à Ménalque que je me sentais attaqué par ses paroles. Il était tard ; mes invités partaient. Quand le salon fut presque vide, Ménalque revint à moi :

« Je ne puis vous quitter ainsi, me dit-il. Sans doute j'ai mal compris vos paroles. Laissez-moi du moins l'espérer...

— Non ; répondis-je. Vous ne les avez pas mal comprises... mais elles n'avaient aucun sens ; et je ne les eus pas plus tôt dites que je souffris de leur sottise, — et surtout de sentir qu'elles allaient me ranger à vos yeux précisément parmi ceux dont vous faisiez le procès tout à l'heure, et qui, je vous l'affirme, me sont odieux comme à vous. Je hais tous les gens à principes.

— Ils sont, reprit Ménalque en riant, ce qu'il y a de plus détestable en ce monde. On ne saurait attendre d'eux aucune espèce de sincérité ; car ils ne font jamais que ce que leurs

118

principes ont décrété qu'ils devaient faire, ou, sinon, ils regardent ce qu'ils font comme mal fait. Au seul soupçon que vous pouviez être un des leurs, j'ai senti la parole se glacer sur mes lèvres. Le chagrin qui m'a pris aussitôt m'a révélé combien mon affection pour vous est vive ; j'ai souhaité m'être mépris — non dans mon affection mais dans le jugement que je portais.

— En effet, votre jugement était faux.

— Ah ! n'est-ce pas, dit-il en me prenant la main brusquement. Écoutez ; je dois partir bientôt, mais je voudrais vous voir encore. Mon voyage sera, cette fois, plus long et hasardeux que tous les autres ; je ne sais quand je reviendrai. Je dois partir dans quinze jours ; ici, chacun ignore que mon départ est si proche ; je vous l'annonce secrètement. Je pars dès l'aube. La nuit qui précède un départ est pour moi chaque fois une nuit d'angoisses affreuses. Prouvez-moi que vous n'êtes pas homme à principes ; puis-je compter que vous voudrez bien passer cette dernière nuit près de moi ?

— Mais nous nous reverrons avant, lui dis-je, un peu surpris.

— Non. Durant ces quinze jours je n'y serai plus pour personne ; et ne serai même pas à Paris. Demain je pars pour Budapest ; dans six jours je dois être à Rome. Ici et là sont des amis que je veux embrasser avant de quitter l'Europe. Un autre m'attend à Madrid...

— C'est entendu, je passerai cette nuit de veille avec vous.

— Et nous boirons du vin de Chiraz. »

119

Quelques jours après cette soirée, Marceline commença d'aller moins bien. J'ai déjà dit qu'elle était souvent fatiguée ; mais elle évitait de se plaindre, et comme j'attribuais à son état cette fatigue, je croyais celle-ci naturelle et j'évitais de m'inquiéter. Un vieux médecin assez sot, ou insuffisamment renseigné, nous avait tout d'abord rassurés à l'excès. Cependant des troubles nouveaux, accompagnés de fièvre, me décidèrent à appeler le docteur Tr... qui passait alors pour le plus avisé spécialiste. Il s'étonna que je ne l'eusse pas appelé plus tôt, et prescrivit un régime strict que, depuis quelque temps déjà, elle eût dû suivre. Par un très imprudent courage, Marceline s'était jusqu'à ce jour surmenée ; jusqu'à la délivrance, qu'on attendait vers la fin de janvier, elle devait garder la chaise longue. Sans doute un peu inquiète et plus dolente qu'elle ne voulait l'avouer, Marceline se plia très doucement aux prescriptions les plus gênantes. Une courte révolte pourtant l'agita lorsque Tr... lui ordonna de la quinine, à des doses dont elle savait que son enfant pouvait souffrir. Durant trois jours, elle refusa obstinément d'en prendre ; puis, la fièvre augmentant, à cela aussi elle dut se soumettre ; mais ce fut cette fois avec une grande tristesse et comme un douloureux renoncement à l'avenir ; une sorte de résignation religieuse rompit la volonté qui la soutenait jusqu'alors, de sorte que son état empira brusquement durant les quelques jours qui suivirent.

Je l'entourai de plus de soins encore et la rassurai de mon mieux, me servant des paroles mêmes de Tr... qui ne voyait en son état rien de bien grave ; mais la violence de ses craintes finit par m'alarmer à mon tour. Ah ! combien dangereusement déjà notre bonheur se reposait sur l'espérance ! et sur quel futur incertain. Moi qui d'abord ne trouvais de goût qu'au passé, la subite saveur de l'instant m'a pu griser un jour, pensai-je, mais le futur désenchante l'heure présente, plus encore que le présent ne désenchanta le passé ; et depuis notre nuit de Sorrente déjà tout mon amour, toute ma vie se projettent sur l'avenir.

Cependant le soir vint que j'avais promis à Ménalque ; et malgré mon ennui d'abandonner toute une nuit d'hiver Marceline, je lui fis accepter de mon mieux la solennité du rendez-vous, la gravité de ma promesse. Marceline allait un peu mieux ce soir-là, et pourtant j'étais inquiet ; une garde me remplaça près d'elle. Mais, sitôt dans la rue, mon inquiétude prit une force nouvelle ; je la repoussai, luttai contre elle, m'irritant contre moi de ne pas mieux m'en libérer. Je parvins ainsi peu à peu à un état de surtension, d'exaltation singulière, très différente et très proche à la fois de l'inquiétude douloureuse qui l'avait fait naître, mais plus proche encore du bonheur. Il était tard ; je marchais à grands pas ; la neige commença de tomber en abondance; j'étais heureux de respirer enfin un air plus vif, de lutter contre le froid, heureux contre le vent, la nuit, la neige; je savourais mon énergie.

Ménalque, qui m'entendit venir, parut sur le palier de l'escalier. Il m'attendait sans patience. Il était pâle et paraissait un peu crispé. Il me débarrassa de mon manteau, et me força de changer mes bottes mouillées contre de molles pantoufles persanes. Sur un guéridon, près du feu, étaient posées des friandises. Deux lampes éclairaient la pièce, moins que ne le faisait le foyer. Ménalque dès l'abord, s'informa de la santé de Marceline; pour simplifier, je répondis qu'elle allait très bien.

« Votre enfant, vous l'attendez bientôt? reprit-il.

— Dans un mois. »

Ménalque s'inclina vers le feu, comme s'il eût voulu cacher son visage. Il se taisait. Il se tut si longtemps que j'en fus à la fin tout gêné, ne sachant non plus que lui dire. Je me levai, fis quelques pas, puis, m'approchant de lui, posai ma main sur son épaule. Alors, comme s'il continuait sa pensée:

« Il faut choisir, murmura-t-il. L'important, c'est de savoir ce que l'on veut...

— Eh! ne voulez-vous pas partir? lui demandai-je, incertain du sens que je devais donner à ses paroles.

— Il paraît.

— Hésiteriez-vous donc?

— A quoi bon? — Vous qui avez femme et

122

enfant, restez... Des mille formes de la vie chacun ne peut connaître qu'une. Envier le bonheur d'autrui, c'est folie ; on ne saurait pas s'en servir. Le bonheur ne se veut pas tout fait, mais sur mesure. — Je pars demain ; je sais : j'ai tâché de tailler ce bonheur à ma taille... gardez le bonheur calme du foyer...

— C'est à ma taille aussi que j'avais taillé mon bonheur, m'écriai-je ; mais j'ai grandi ; à présent mon bonheur me serre ; parfois, j'en suis presque étranglé...

— Bah ! vous vous y ferez ! dit Ménalque ; puis il se campa devant moi, plongea son regard dans le mien et, comme je ne trouvais rien à dire, il sourit un peu tristement : — On croit que l'on possède, et l'on est possédé, reprit-il. — Versez-vous du chiraz, cher Michel ; vous n'en goûterez pas souvent ; et mangez de ces pâtes roses que les Persans prennent avec. Pour ce soir je veux boire avec vous, oublier que je pars demain, et causer comme si cette nuit était longue... Savez-vous ce qui fait de la poésie aujourd'hui et de la philosophie surtout, lettres mortes ? C'est qu'elles se sont séparées de la vie. La Grèce, elle, idéalisait à même la vie ; de sorte que la vie de l'artiste était elle-même déjà une réalisation poétique ; la vie du philosophe, une mise en action de sa philosophie ; de sorte aussi que, mêlées à la vie, au lieu de s'ignorer, la philosophie alimentant la poésie, la poésie exprimant la philosophie, cela était d'une persuasion admirable. Aujourd'hui la beauté

123

n'agit plus ; l'action ne s'inquiète plus d'être belle ; et la sagesse opère à part.

— Pourquoi, dis-je, vous qui vivez votre sagesse, n'écrivez-vous pas vos mémoires ? — ou simplement, repris-je en le voyant sourire, les souvenirs de vos voyages ?

— Parce que je ne veux pas me souvenir, répondit-il. Je croirais, ce faisant, empêcher d'arriver l'avenir et faire empiéter le passé. C'est du parfait oubli d'hier que je crée la nouvelleté de chaque heure. Jamais, d'avoir été heureux, ne me suffit. Je ne crois pas aux choses mortes, et confonds n'être plus, avec n'avoir jamais été. »

Je m'irritais enfin de ces paroles, qui précédaient trop ma pensée ; j'eusse voulu tirer arrière, l'arrêter ; mais je cherchais en vain à contredire ; et d'ailleurs m'irritais contre moi-même plus encore que contre Ménalque. Je restai donc silencieux. Lui, tantôt allant et venant à la façon d'un fauve en cage, tantôt se penchant vers le feu, tantôt se taisait longuement, puis tantôt, brusquement, disait :

« Si encore nos médiocres cerveaux savaient bien embaumer les souvenirs ! Mais ceux-ci se conservent mal ; les plus délicats se dépouillent, les plus voluptueux pourrissent ; les plus délicieux sont les plus dangereux dans la suite. Ce dont on se repent était délicieux d'abord. »

De nouveau, long silence ; et puis il reprenait :

« Regrets, remords, repentirs, ce sont joies de naguère ; vues de dos. Je n'aime pas regar-

Ménalque se gonfle et cherche qqch

der en arrière, et j'abandonne au loin mon passé comme l'oiseau, pour s'envoler, quitte son ombre. Ah ! Michel, toute joie nous attend toujours, mais veut toujours trouver la couche vide, être la seule, et qu'on arrive à elle comme un veuf. — Ah ! Michel ! toute joie est pareille à cette manne du désert qui se corrompt d'un jour à l'autre ; elle est pareille à l'eau de la source Amélès qui, raconte Platon, ne se pouvait garder dans aucun vase... Que chaque instant emporte tout ce qu'il avait apporté. »

Ménalque parla longtemps encore ; je ne puis rapporter ici toutes ses phrases ; beaucoup pourtant se gravèrent en moi, d'autant plus fortement que j'eusse désiré les oublier plus vite ; non qu'elles m'apprissent rien de bien neuf — mais elles mettaient à nu brusquement ma pensée ; une pensée que je couvrais de tant de voiles, que j'avais presque pu l'espérer étouffée. Ainsi s'écoula la veillée.

Quand, au matin, après avoir conduit Ménalque au train qui l'emporta, je m'acheminai seul pour rentrer près de Marceline, je me sentis plein d'une tristesse abominable, de haine contre la joie cynique de Ménalque ; je voulais qu'elle fût factice ; je m'efforçais de la nier. Je m'irritais de n'avoir rien su lui répondre ; je m'irritais d'avoir dit quelques mots qui l'eussent fait douter de mon bonheur, de mon amour. Et je me cramponnais à mon douteux bonheur, à mon « calme bonheur », comme disait Ménalque ; je ne pouvais, hélas ! en écarter l'inquiétude, mais prétendais que cette

? Michel

fausse

inquiétude servît d'aliment à l'amour. Je me penchais vers l'avenir où déjà je voyais mon petit enfant me sourire; pour lui se reformait et se fortifiait ma morale... Décidément je marchais d'un pas ferme.

Hélas! quand je rentrai, ce matin-là, un désordre inaccoutumé me frappa dès la première pièce. La garde vint à ma rencontre et m'apprit, à mots tempérés, que d'affreuses angoisses avaient saisi ma femme dans la nuit, puis des douleurs, bien qu'elle ne se crût pas encore au terme de sa grossesse; que se sentant très mal, elle avait envoyé chercher le docteur; que celui-ci, bien qu'arrivé en hâte dans la nuit, n'avait pas encore quitté la malade; puis, voyant ma pâleur je pense, elle voulut me rassurer, me disant que tout allait déjà bien mieux, que... Je m'élançai vers la chambre de Marceline.

La chambre était peu éclairée; et d'abord je ne distinguai que le docteur qui, de la main, m'imposa silence; puis, dans l'ombre, une figure que je ne connaissais pas. Anxieusement, sans bruit, je m'approchai du lit. Marceline avait les yeux fermés; elle était si terriblement pâle que d'abord je la crus morte; mais, sans ouvrir les yeux, elle tourna vers moi la tête. Dans un coin sombre de la pièce, la figure inconnue rangeait, cachait divers objets; je vis des instruments luisants, de l'ouate; je vis, crus voir, un linge taché de sang... Je sentis que je chan-

126

celais. Je tombai presque vers le docteur ; il me soutint. Je comprenais ; j'avais peur de comprendre...

« Le petit ? » demandai-je anxieusement.

Il eut un triste haussement d'épaules. — Sans plus savoir ce que je faisais, je me jetai contre le lit, en sanglotant. Ah ! subit avenir ! Le terrain cédait brusquement sous mon pas ; devant moi n'était plus qu'un trou vide où je trébuchais tout entier.

Ici tout se confond en un ténébreux souvenir. Pourtant Marceline sembla d'abord assez vite se remettre. Les vacances du début de l'année me laissant un peu de répit, je pus passer près d'elle presque toutes les heures du jour. Près d'elle je lisais, j'écrivais, ou lui faisais doucement la lecture. Je ne sortais jamais sans lui rapporter quelques fleurs. Je me souvenais des tendres soins dont elle m'avait entouré alors que moi j'étais malade, et l'entourais de tant d'amour que parfois elle en souriait, comme heureuse. Pas un mot ne fut échangé au sujet du triste accident qui meurtrissait nos espérances...

Puis la phlébite se déclara : et quand elle commença de décliner, une embolie, soudain, mit Marceline entre la vie et la mort. C'était la nuit ; je me revois penché sur elle, sentant, avec le sien, mon cœur s'arrêter ou revivre. Que de nuits la veillai-je ainsi ! Le regard obstinément fixé sur elle, espérant, à force

127

d'amour, insinuer un peu de ma vie en la sienne. Et si je ne songeais plus beaucoup au bonheur, ma seule triste joie était de voir parfois sourire Marceline.

Mon cours avait repris. Où trouvai-je la force de préparer mes leçons, de les dire?... Mon souvenir se perd et je ne sais comment se succédèrent les semaines. — Pourtant un petit fait que je veux vous redire :

C'est un matin, peu de temps après l'embolie; je suis auprès de Marceline; elle semble aller un peu mieux, mais la plus grande immobilité lui est encore prescrite; elle ne doit même pas remuer les bras. Je me penche pour la faire boire, et lorsqu'elle a bu et que je suis encore penché près d'elle, d'une voix que son trouble rend plus faible encore, elle me prie d'ouvrir un coffret que son regard me désigne. Le coffret est là sur la table; je l'ouvre; il est plein de rubans, de chiffons, de petits bijoux sans valeur; — que veut-elle? J'apporte près du lit la boîte; je sors un à un chaque objet. Est-ce ceci? cela?... non; pas encore; je la sens qui s'inquiète un peu. « Ah! Marceline! c'est ce petit chapelet que tu veux! » Elle s'efforce de sourire.

« Tu crains donc que je ne te soigne pas assez?

— Oh! mon ami! » murmure-t-elle. — Et je me souviens de notre conversation de Biskra, de son craintif reproche en m'entendant repousser ce qu'elle appelle « l'aide de Dieu ». Je reprends un peu rudement :

« J'ai bien guéri tout seul.

— J'ai tant prié pour toi, répond-elle. —
Elle dit cela tendrement, tristement ; je sens
dans son regard une anxiété suppliante... Je
prends le chapelet et le glisse dans sa main
affaiblie qui repose sur le drap, contre elle. Un
regard chargé de larmes et d'amour me récompense — mais auquel je ne puis répondre ; un
instant encore je m'attarde, ne sais que faire,
reste gêné ; enfin, n'y tenant plus :

— Adieu », lui dis-je — et je quitte la chambre, hostile, et comme si l'on m'en avait
chassé.

Cependant l'embolie avait amené des désor-
dres assez graves ; l'affreux caillot de sang, que
le cœur avait rejeté, fatiguait et congestionnait
les poumons, obstruait la respiration, la rendait difficile et sifflante. Je pensais ne plus la
voir guérir. La maladie était entrée en Marceline, l'habitait désormais, la marquait, la
tachait. C'était une chose abîmée.

La saison devenait clémente. Dès que mon
cours fut terminé, je transportai Marceline à
La Morinière, le docteur affirmant que tout
danger pressant était passé et que, pour achever de la remettre, il ne fallait rien tant qu'un
air meilleur. J'avais moi-même grand besoin
de repos. Ces veilles que j'avais tenu à supporter presque toutes moi-même, cette angoisse
prolongée, et surtout cette sorte de sympathie
physique qui, lors de l'embolie de Marceline,
m'avait fait ressentir en moi les affreux sursauts de son cœur, tout cela m'avait fatigué
comme si j'avais moi-même été malade.

J'eusse préféré emmener Marceline dans la
montagne; mais elle me montra le désir le
plus vif de retourner en Normandie, prétendit
que nul climat ne lui serait meilleur, et me
rappela que j'avais à revoir ces deux fermes,
dont je m'étais un peu témérairement chargé.
Elle me persuada que je m'en étais fait responsable, et que je me devais d'y réussir. Nous ne
fûmes pas plus tôt arrivés qu'elle me poussa

donc de courir sur les terres... Je ne sais si, dans son amicale insistance, beaucoup d'abné- *sacrifice* gation n'entrait pas; la crainte que, sinon, me *de l'essentiel* croyant retenu près d'elle par les soins qu'il fallait encore lui donner, je ne sentisse pas assez grande ma liberté... Marceline pourtant allait mieux; du sang recolorait ses joues; et rien ne me reposait plus que de sentir moins triste son sourire; je pouvais la laisser sans crainte.

Je retournai donc sur les fermes. On y faisait les premiers foins. L'air chargé de pollens, de senteurs, m'étourdit tout d'abord comme une boisson capiteuse. Il me sembla que, depuis l'an passé, je n'avais plus respiré, ou respiré que des poussières, tant pénétrait mielleuse- ment en moi l'atmosphère. Du talus où je *colline* m'étais assis, comme grisé, je dominais La Morinière; je voyais ses toits bleus, les eaux dormantes de ses douves; autour, des champs fauchés, d'autres pleins d'herbes; plus loin, la courbe du ruisseau; plus loin, les bois où l'automne dernier je me promenais à cheval avec Charles. Des chants que j'entendais depuis quelques instants se rapprochèrent; *tourneur* c'étaient des faneurs qui rentraient, la fourche *de l'herbe* ou le râteau sur l'épaule. Ces travailleurs, que *fauché* je reconnus presque tous, me firent fâcheuse- ment souvenir que je n'étais point là en voya- geur charmé, mais en maître. Je m'approchai, leur souris, leur parlai, m'enquis de chacun longuement. Déjà Bocage le matin m'avait pu renseigner sur l'état des cultures; par une correspondance régulière, il n'avait d'ailleurs pas cessé de me tenir au courant des moindres incidents des fermes. L'exploitation n'allait pas mal, beaucoup mieux que Bocage ne me le laissait d'abord espérer. Pourtant on m'attendait pour quelques décisions importantes, et, durant quelques jours, je dirigeai tout de mon mieux, sans plaisir, mais raccrochant à ce semblant de travail ma vie défaite.

Dès que Marceline fut assez bien pour recevoir, quelques amis vinrent habiter avec nous. Leur société affectueuse et point bruyante sut plaire à Marceline, mais fit que je quittai d'autant plus volontiers la maison. Je préférais la société des gens de la ferme ; il me semblait qu'avec eux je trouvais mieux à apprendre — non point que je les interrogeasse beaucoup — non, et je sais à peine exprimer cette sorte de joie que je ressentais auprès d'eux : il me semblait sentir à travers eux — et tandis que la conversation de nos amis, avant qu'ils commençassent de parler, m'était déjà toute connue, la seule vue de ces gueux me causait un émerveillement continuel.

Si d'abord l'on eût dit qu'ils missent à me répondre toute la condescendance que j'évitais de mettre à les interroger, bientôt ils supportèrent mieux ma présence. J'entrais toujours plus en contact avec eux. Non content de les suivre au travail, je voulais les voir à leurs jeux ; leurs obtuses pensées ne m'intéressaient guère, mais j'assistais à leurs repas, j'écoutais

132

leurs plaisanteries, surveillais amoureuse-
ment leurs plaisirs. C'était, dans une sorte de
sympathie, pareille à celle qui faisait susauter
mon cœur aux sursauts de celui de Marceline,
c'était un immédiat écho de chaque sensation
étrangère — non point vague, mais précis,
aigu. Je sentais en mes bras la courbature du
faucheur ; j'étais las de sa lassitude ; la gorgée
de cidre qu'il buvait me désaltérait ; je la
sentais glisser dans sa gorge ; un jour, en
aiguisant sa faux, l'un s'entailla profondément
le pouce ; je ressentis sa douleur, jusqu'à l'os.

Il me semblait, ainsi, que ma vue ne fût plus
seule à m'enseigner le paysage, mais que je le
sentisse encore par une sorte d'attouchement
qu'illimitait cette bizarre sympathie.

La présence de Bocage me gênait ; il me
fallait, quand il venait, jouer au maître, et je
n'y trouvais plus aucun goût. Je commandais
encore, il le fallait, et dirigeais à ma façon les
travailleurs ; mais je ne montais plus à cheval,
par crainte de les dominer trop. Mais, malgré
les précautions que je prenais pour qu'ils ne
souffrissent plus de ma présence et ne se
contraignissent plus devant moi, je restais
devant eux, comme avant, plein de curiosité
mauvaise. L'existence de chacun d'eux me
demeurait mystérieuse. Il me semblait toujours qu'une partie de leur vie se cachait. Que
faisaient-ils, quand je n'étais plus là ? Je ne
consentais pas qu'ils ne s'amusassent pas plus.
Et je prêtais à chacun d'eux un secret que je
m'entêtais à désirer connaître. Je rôdais, je

suivais, j'épiais. Je m'attachais aux plus frustes natures, comme si, de leur obscurité, j'attendais, pour m'éclairer, quelque lumière.

Un surtout m'attirait : il était assez beau, grand, point stupide, mais uniquement mené par l'instinct ; il ne faisait jamais rien que de subit, et cédait à toute impulsion de passage. Il n'était pas de ce pays ; on l'avait embauché par hasard. Excellent travailleur deux jours, il se soûlait à mort le troisième. Une nuit j'allai furtivement le voir dans la grange ; il était vautré dans le foin ; il dormait d'un épais sommeil ivre. Que de temps je le regardai !... Un beau jour il partit comme il était venu. J'eusse voulu savoir sur quelles routes... J'appris le soir même que Bocage l'avait renvoyé.

Je fus furieux contre Bocage ; le fis venir.

« Il paraît que vous avez renvoyé Pierre, commençai-je. Voulez-vous me dire pourquoi ? »

Un peu interloqué par ma colère, que pourtant je tempérais de mon mieux :

« Monsieur ne voulait pas garder chez lui un sale ivrogne, qui débauchait les meilleurs ouvriers...

— Je sais mieux que vous ceux que je désire garder.

— Un galvaudeur ! On ne sait même pas d'où qu'il vient. Dans le pays, ça ne faisait pas bon effet... Quand, une nuit, il aurait mis le feu à la grange, Monsieur aurait peut-être été content.

— Mais enfin cela me regarde, et la ferme

est à moi, je suppose ; j'entends la diriger comme il me plaît. A l'avenir, vous voudrez bien me faire part de vos motifs, avant d'exécuter personne. »

Bocage, je l'ai dit, m'avait connu tout enfant ; quelque blessant que fût le ton de mes paroles, il m'aimait trop pour beaucoup s'en fâcher. Et même il ne me prit pas suffisamment au sérieux. Le paysan normand demeure trop souvent sans créance pour ce dont il ne pénètre pas le mobile, c'est-à-dire pour ce que ne conduit pas l'intérêt. Bocage considérait simplement comme une lubie cette querelle. *un caprice*

Pourtant je ne voulus pas rompre l'entretien sur un blâme, et, sentant que j'avais été trop vif, je cherchais ce que je pourrais ajouter.

« Votre fils Charles ne doit-il pas bientôt revenir ? me décidai-je à demander après un instant de silence.

— Je pensai que Monsieur l'avait oublié, à voir comme il s'inquiétait peu après lui, dit Bocage encore blessé.

— Moi, l'oublier ! Bocage, et comment le pourrais-je, après tout ce que nous avons fait ensemble l'an passé ? Je compte même beaucoup sur lui pour les fermes...

— Monsieur est bien bon. Charles doit revenir dans huit jours.

— Allons, j'en suis heureux, Bocage », — et je le congédiai.

Bocage avait presque raison : je n'avais certes pas oublié Charles, mais je ne me souciais plus de lui que fort peu. Comment expliquer qu'après une camaraderie si fougueuse, je ne sentisse plus à son égard qu'une chagrine incuriosité ? C'est que mes occupations et mes goûts n'étaient plus ceux de l'an passé. Mes deux fermes, il me fallait me l'avouer, ne m'intéressaient plus autant que les gens que j'y employais ; et pour les fréquenter, la présence de Charles allait être gênante. Il était bien trop raisonnable et se faisait trop respecter. Donc, malgré la vive émotion qu'éveillait en moi son souvenir, je voyais approcher son retour avec crainte.

Il revint. — Ah ! que j'avais raison de craindre et que Ménalque faisait bien de renier tout souvenir ! — Je vis entrer, à la place de Charles, un absurde Monsieur, coiffé d'un ridicule chapeau melon. Dieu ! qu'il était changé ! Gêné, contraint, je tâchai pourtant de ne pas répondre avec trop de froideur à la joie qu'il montrait de me revoir ; mais même cette joie me déplut ; elle était gauche et ne me parut pas sincère. Je l'avais reçu dans le salon, et, comme il était tard, je ne distinguais pas bien son visage ; mais quand on apporta la lampe, je vis avec dégoût qu'il avait laissé pousser ses favoris.

L'entretien, ce soir-là, fut plutôt morne, puis, comme je savais qu'il serait sans cesse sur les fermes, j'évitai, durant près de huit jours, d'y aller, et je me rabattis sur mes études et sur la société de mes hôtes. Puis, sitôt que je recommençai de sortir, je fus requis par une occupation très nouvelle :

Des bûcherons avaient envahi les bois. Chaque année on en vendait une partie ; partagés
en douze coupes égales, les bois fournissaient
chaque année, avec quelques baliveaux dont
on n'espérait plus de croissance, un taillis de
douze ans qu'on mettait en fagots.

arbre réservé

Ce travail se faisait à l'hiver, puis, avant le
printemps, selon les clauses de la vente, les
bûcherons devaient avoir vidé la coupe. Mais
l'incurie du (père Heurtevent,) le marchand de
bois qui dirigeait l'opération, était telle, que
parfois le printemps entrait dans la coupe
encore encombrée ; on voyait alors de nouvelles pousses fragiles s'allonger au travers des
ramures mortes, et lorsque enfin les bûcherons
faisaient vidange, ce n'était point sans abîmer
bien des bourgeons.

négligence

clairer (vider)

Cette année la négligence du père Heurtevent, l'acheteur, passa nos craintes. En
l'absence de toute surenchère, j'avais dû lui
laisser la coupe à très bas prix ; aussi, sûr d'y
trouver toujours son compte, se pressait-il fort
peu de débiter un bois qu'il avait payé si peu
cher. Et de semaine en semaine il différait le
travail, prétextant une fois l'absence d'ouvriers, une autre fois le mauvais temps, puis
un cheval malade, des prestations, d'autres
travaux... que sais-je ? Si bien qu'au milieu de
l'été rien n'était encore enlevé.

enchère au-dessus

Ce qui, l'an précédent, m'eût irrité au plus
haut point, cette année me laissait assez
calme ; je ne me dissimulais pas le tort que
Heurtevent me faisait ; mais ces bois ainsi

dévastés étaient beaux, et je m'y promenais avec plaisir, épiant, surveillant le gibier, surprenant les vipères, et parfois, m'asseyant longuement sur un des troncs couchés qui semblait vivre encore et par ses plaies jetait quelques vertes brindilles.

Puis, tout à coup, vers le milieu de la première quinzaine d'août, Heurtevent se décida à envoyer ses hommes. Ils vinrent six à la fois, prétendant achever tout l'ouvrage en dix jours. La partie des bois exploitée touchait presque à La Valterie ; j'acceptai, pour faciliter l'ouvrage des bûcherons, qu'on apportât leur repas de la ferme. Celui qui fut chargé de ce soin était un loustic nommé Bute, que le régiment venait de nous renvoyer tout pourri — j'entends quant à l'esprit, car son corps allait à merveille ; c'était un de ceux de mes gens avec qui je causais volontiers. Je pus donc ainsi le revoir sans aller pour cela sur la ferme. Car c'est précisément alors que je recommençai de sortir. Et durant quelques jours, je ne quittai guère les bois, ne rentrant à La Morinière que pour les heures des repas, et souvent me faisant attendre. Je feignais de surveiller le travail, mais en vérité ne voyais que les travailleurs.

Il se joignait parfois, à cette bande de six hommes, deux fils Heurtevent ; l'un âgé de vingt ans, l'autre de quinze, élancés, cambrés, les traits durs. Ils semblaient de type étranger, et j'appris plus tard, en effet, que leur mère était espagnole. Je m'étonnai d'abord qu'elle

138

eût pu venir jusqu'ici, mais Heurtevent, un vagabond* fieffé dans sa jeunesse, l'avait, paraît-il, épousée en Espagne. Il était pour cette raison assez mal vu dans le pays. La première fois que j'avais rencontré le plus jeune des fils, c'était, il m'en souvient, sous la pluie ; il était seul, assis sur une très haute charrette au plus haut d'un entassement de fagots ; et là, tout renversé parmi les branches, il chantait ou plutôt gueulait une espèce de chant bizarre et tel que je n'en avais jamais ouï dans le pays. Les chevaux qui traînaient la charrette, connaissant le chemin, avançaient sans être conduits. Je ne puis dire l'effet que ce chant produisit sur moi ; car je n'en avais entendu de pareil qu'en Afrique... Le petit, exalté, paraissait ivre ; quand je passai, il ne me regarda même pas. Le lendemain j'appris que c'était un fils de Heurtevent. C'était pour le revoir, ou du moins pour l'attendre que je m'attardais ainsi dans la coupe. On acheva bientôt de la vider. Les garçons Heurtevent n'y vinrent que trois fois. Ils semblaient fiers, et je ne pus obtenir d'eux une parole.

Bute, par contre, aimait à raconter ; je fis en sorte que bientôt il comprît ce qu'avec moi l'on pouvait dire ; dès lors il ne se gêna guère et déshabilla le pays. Avidement je me penchai *bien dit* sur son mystère. Tout à la fois il dépassait mon espérance, et ne me satisfaisait pas. Était-ce là ce qui grondait sous l'apparence ? ou peut-être n'était-ce encore qu'une nouvelle hypocrisie ? N'importe ! Et j'interrogeais Bute, comme

139

j'avais fait les informes chroniques des Goths. De ses récits sortait une trouble vapeur d'abîme qui déjà me montait à la tête et qu'inquiètement je <u>humais</u>. Par lui j'appris d'abord que Heurtevent couchait avec sa fille. Je craignais, si je manifestais le moindre blâme, d'arrêter toute confidence ; je souris donc ; la curiosité me poussait.

« Et la mère ? Elle ne dit rien ?

— La mère ! voilà douze ans pleins qu'elle est morte... Il la battait.

— Combien sont-ils dans la famille ?

— Cinq enfants. Vous avez vu l'aîné des fils et le plus jeune. Il y en a encore un de seize ans, qui n'est pas fort, et qui veut se faire curé. Et puis la fille aînée a déjà deux enfants du père... »

Et j'appris peu à peu bien d'autres choses, qui faisaient de la maison Heurtevent un lieu brûlant, à l'odeur forte, autour duquel, quoi que j'en eusse, mon imagination, comme une mouche à viande, tournoyait : — Un soir, le fils aîné tenta de violer une jeune servante ; et comme elle se débattait, le père intervenant aida son fils, et de ses mains énormes la contint ; cependant que le second fils, à l'étage au-dessus, continuait tendrement ses prières, et que le cadet, témoin du drame, s'amusait. Pour ce qui est du viol, je me figure qu'il n'avait pas été bien difficile, car Bute racontait encore que, peu de temps après, la servante, y ayant pris goût, avait tenté de débaucher le petit prêtre.

« Et l'essai n'a pas réussi ? demandai-je.

— Il tient encore, mais plus bien dru, répon- *serré*
dit Bute.

— N'as-tu pas dit qu'il y avait une autre
fille ?

— Qui en prend bien tant qu'elle en trouve ;
et encore sans demander rien. Quand ça la
tient, c'est elle qui paierait plutôt. Par exemple, faudrait pas coucher chez le père ; il
cognerait. Il dit comme ça qu'en famille on a le
droit de faire ce qui vous plaît, mais que ça ne
regarde pas les autres. Pierre, le gars de la
ferme que vous avez fait renvoyer, ne s'en est
pas vanté, mais, une nuit, il n'en est pas sorti
sans un trou dans la tête. Depuis ce temps-là,
c'est dans le bois du château qu'on s'amuse. »

Alors, et l'encourageant du regard :

« Tu en as essayé ? » demandai-je.

Il baissa les yeux pour la forme et dit en
rigolant :

« Quelquefois. Puis, relevant vite les yeux :

— Le petit au père Bocage aussi.

— Quel petit au père Bocage ?

— Alcide, celui qui couche sur la ferme.
Monsieur ne le connaît donc pas ? »

J'étais absolument stupéfait d'apprendre
que Bocage avait un autre fils.

« C'est vrai, continua Bute, que, l'an passé, il
était encore chez son oncle. Mais c'est bien
étonnant que Monsieur ne l'ait pas déjà rencontré dans les bois ; presque tous les soirs il
braconne. » *chassé/pêché sans permit*

Bute avait dit ces derniers mots plus bas. Il

141

me regarda bien et je compris qu'il était
urgent de sourire. Alors Bute, satisfait, continua :

« Monsieur sait parbleu bien qu'on le braconne. Bah ! les bois sont si grands que ça n'y
fait pas bien du tort. »

Je m'en montrai si peu mécontent que, bien
vite, Bute enhardi et, je pense aujourd'hui,
heureux de desservir un peu Bocage, me montra dans tel creux des collets tendus par
Alcide, puis m'enseigna tel endroit de la haie
où je pouvais être à peu près sûr de le surprendre. C'était, sur le haut d'un talus, un étroit
pertuis dans la haie qui formait lisière, et par
lequel Alcide avait accoutumé de passer vers
six heures. Là, Bute et moi, fort amusés, nous
tendîmes un fil de cuivre, très joliment dissi-
mulé. Puis, m'ayant fait jurer que je ne le
dénoncerais pas, Bute partit, ne voulant pas se
compromettre. Je me couchai contre le revers
du talus ; j'attendis.

Et trois soirs j'attendis en vain. Je commençais à croire que Bute m'avait joué... Le quatrième soir, enfin, j'entends un très léger pas
approcher. Mon cœur bat et j'apprends soudain l'affreuse volupté de celui qui braconne...
Le collet est si bien posé qu'Alcide y vient
donner tout droit. Je le vois brusquement
s'étaler, la cheville prise. Il veut se sauver,
retombe, et se débat comme un gibier. Mais
déjà je le tiens. C'est un méchant galopin, à
l'œil vert, aux cheveux filasse, à l'expression
chafouine. Il me lance des coups de pied ; puis,

immobilisé, tâche de mordre, et comme il n'y peut parvenir commence à me jeter au nez les plus extraordinaires injures que j'aie jusqu'alors entendues. A la fin, je n'y puis plus tenir ; j'éclate de rire. Alors lui s'arrête soudain, me regarde et, d'un ton plus bas :

« Espèce de brutal, vous m'avez estropié.

— Fais voir. »

Il fait glisser son bas sur ses galoches et montre sa cheville où l'on distingue à peine une légère trace un peu rose. » « Ce n'est rien. » — Il sourit un peu, puis, sournoisement :

« J'm'en vas le dire à mon père que c'est vous qui tendez les collets.

— Parbleu ! c'est un des tiens.

— Ben sûr que c'est pas vous qui l'avez posé, c'ti là.

— Pourquoi donc pas ?

— Vous n' sauriez pas si bien. Montrez-moi comment que vous faites.

— Apprends-moi... »

Ce soir je ne rentrai que bien tard pour le dîner, et, comme on ne savait où j'étais, Marceline était inquiète. Je ne lui racontai pourtant pas que j'avais posé six collets et que, loin de gronder Alcide, je lui avais donné dix sous.

Le lendemain, allant relever ces collets avec lui, j'eus l'amusement de trouver deux lapins pris aux pièges ; naturellement je les lui laissai. La chasse n'était pas encore ouverte. Que devenait donc ce gibier, qu'on ne pouvait

montrer sans se commettre ? C'est ce qu'Alcide
se refusait à m'avouer. Enfin j'appris, par Bute
encore, que Heurtevent était un maître rece-
leur, et qu'entre Alcide et lui le plus jeune des
fils commissionnait. Allais-je donc ainsi pénétrer plus avant dans cette famille farouche ?
Avec quelle passion je braconnai !

Je retrouvais Alcide chaque soir ; nous
prîmes des lapins en grand nombre, et même
une fois un chevreuil ; il vivait faiblement
encore. Je ne me souviens pas sans horreur de
la joie qu'eut Alcide à le tuer. Nous mîmes le
chevreuil en lieu sûr, où le fils Heurtevent pût
venir le chercher dans la nuit.

Dès lors je ne sortis plus si volontiers le jour,
où les bois vidés m'offraient moins d'attraits.
Je tâchai même de travailler ; triste travail
sans but — car j'avais dès la fin de mon cours
refusé de continuer ma suppléance — travail
ingrat, et dont me distrayait soudain le moindre chant, le moindre bruit dans la campagne ;
tout cri me devenait appel. Que de fois ai-je
ainsi bondi de ma lecture à ma fenêtre, pour
ne voir rien du tout passer ! Que de fois,
sortant brusquement... La seule attention dont
je fusse capable, c'était celle de tous mes sens.

Mais quand la nuit tombait, — et la nuit à
présent déjà, tombait vite — c'était notre
heure, dont je ne soupçonnais pas jusqu'alors
la beauté ; et je sortais comme entrent les
voleurs. Je m'étais fait des yeux d'oiseau de
nuit. J'admirais l'herbe plus mouvante et plus
haute, les arbres épaissis. La nuit creusait

tout, éloignait, faisait le sol distant et toute surface profonde. Le plus uni sentier paraissait dangereux. On sentait s'éveiller partout ce qui vivait d'une existence ténébreuse.

« Où ton père te croit-il à présent ?

— A garder les bêtes, à l'étable. »

Alcide couchait là, je le savais, tout près des pigeons et des poules ; comme on l'y enfermait le soir, il sortait par un trou du toit ; il gardait dans ses vêtements une chaude odeur de poulaille...

Puis brusquement, et sitôt le gibier récolté, il fonçait dans la nuit comme dans une trappe, sans un geste d'adieu, sans même me dire : à demain. Je savais qu'avant de rentrer dans la ferme où les chiens, pour lui, se taisaient, il retrouvait le petit Heurtevent et lui remettait sa provende. Mais où ? C'est ce que mon désir ne pouvait arriver à surprendre ; menaces, ruses échouèrent ; les Heurtevent ne se laissaient pas approcher. Et je ne sais où triomphait le plus ma folie : poursuivre un médiocre mystère qui reculait toujours devant moi ? peut-être même inventer le mystère, à force de curiosité ? — Mais que faisait Alcide en me quittant ? Couchait-il vraiment à la ferme ? ou seulement le faisait-il croire au fermier ? Ah ! j'avais beau me compromettre, je n'arrivais à rien qu'à diminuer encore son respect sans augmenter sa confiance ; et cela m'enrageait et me désolait à la fois...

Lui disparu, soudain, je restais affreusement seul ; et je rentrais à travers champs, dans l'herbe lourde de rosée, ivre de nuit, de vie sauvage et d'anarchie, trempé, boueux, couvert de feuilles. De loin, dans La Morinière endormie, semblait me guider, comme un paisible phare, la lampe de la chambre de Marceline à qui j'avais persuadé que, sans sortir ainsi la nuit, je n'aurais pas pu m'endormir. C'était vrai : je prenais en horreur mon lit, et j'eusse préféré la grange.

Le gibier abondait cette année. Lapins, lièvres, faisans, se succédèrent. Voyant tout marcher à souhait, Bute, au bout de trois soirs, prit le goût de se joindre à nous.

Le sixième soir de braconnage, nous ne retrouvâmes plus que deux collets sur douze ; une rafle avait été faite pendant le jour. Bute me demanda cent sous pour racheter du fil de cuivre, le fil de fer ne valant rien.

Le lendemain j'eus le plaisir de voir mes dix collets chez Bocage, et je dus approuver son zèle. Le plus fort c'est que, l'an passé, j'avais inconsidérément promis dix sous pour chaque collet saisi ; j'en dus donc donner cent à Bocage. Cependant, avec ses cent sous, Bute rachète du fil de cuivre. Quatre jours après, même histoire ; dix nouveaux collets sont saisis. C'est de nouveau cent sous à Bute ; de nouveau cent sous à Bocage. Et comme je le félicite :

« Ce n'est pas moi, dit-il, qu'il faut féliciter. C'est Alcide.

— Bah ! »

Trop d'étonnement peut nous perdre ; je me contiens.

146

« Oui, continue Bocage ; que voulez-vous, Monsieur, je me fais vieux, et suis trop requis par la ferme. Le petit court les bois pour moi ; il les connaît ; il est malin, et il sait mieux que moi où chercher et trouver les pièges.

— Je le crois sans effort, Bocage.

— Alors, sur les dix sous que Monsieur donne, je lui laisse cinq sous par piège.

— Certainement il les mérite. Parbleu ! Vingt collets en cinq jours ! Il a bien travaillé. Les braconniers n'ont qu'à bien se tenir. Ils vont se reposer, je parie.

— Oh ! Monsieur, tant plus qu'on en prend, tant plus qu'on en trouve. Le gibier se vend cher cette année, et pour quelques sous que ça leur coûte... »

Je suis si bien joué que pour un peu je croirais Bocage de mèche. Et ce qui me dépite ~~complice~~ en cette affaire, ce n'est pas le triple commerce d'Alcide, c'est de le voir ainsi me tromper. Et puis que font-ils de l'argent, Bute et lui ? Je ne sais rien ; je ne saurai rien de tels êtres. Ils mentiront toujours ; me tromperont pour me tromper. Ce soir ce n'est pas cent sous, c'est dix francs que je donne à Bute ; je l'avertis que c'est pour la dernière fois et que, si les collets sont repris, c'est tant pis.

Le lendemain je vois venir Bocage ; il semble très gêné ; je le deviens aussitôt plus que lui. Que s'est-il donc passé ? Et Bocage m'apprend que Bute n'est rentré qu'au petit matin sur la ferme ; Bute est soûl comme un Polonais ; aux premiers mots que lui a dits Bocage, Bute l'a salement insulté, puis s'est jeté sur lui, l'a frappé...

« Enfin, me dit Bocage, je venais savoir si Monsieur m'autorise (il reste un instant sur le mot), m'autorise à le renvoyer.

— Je vais y réfléchir, Bocage. Je suis très désolé qu'il vous ait manqué de respect. Je vois... Laissez-moi seul y réfléchir ; et revenez ici dans deux heures. »

Bocage sort.

Garder Bute, c'est manquer péniblement à Bocage ; chasser Bute, c'est le pousser à se venger. Tant pis ; advienne que pourra ; aussi bien suis-je le seul coupable... Et dès que Bocage revient :

« Vous pouvez dire à Bute qu'on ne veut plus le voir ici. »

Puis j'attends. Que fait Bocage ? Que dit Bute ? Et le soir seulement j'ai quelques échos du scandale. Bute a parlé. Je le comprends d'abord par les cris que j'entends chez Bocage ; c'est le petit Alcide qu'on bat. — Bocage va venir ; il vient ; j'entends son vieux pas approcher, et mon cœur bat plus fort encore qu'il ne battait pour le gibier. L'insupportable instant ! Tous les grands sentiments seront de mise ; je vais être forcé de le prendre au sérieux. Quelles explications inventer ? Comme je vais jouer mal ! Ah ! je voudrais rendre mon rôle... Bocage entre. Je ne comprends strictement rien à ce qu'il dit. C'est absurde : je dois le faire recommencer. A la fin je distingue ceci : Il croit que Bute est seul coupable ; l'incroyable vérité lui échappe ; que j'aie donné dix francs à Bute, et pour quoi faire ? il est trop Normand pour l'admettre. Les dix francs, Bute les a volés, c'est sûr ; en prétendant que je les ai donnés, il ajoute au vol le mensonge ; histoire d'abriter son vol ; ce n'est pas à Bocage qu'on en fait accroire... Du braconnage il n'en est plus question. Si Bocage battait Alcide, c'est parce que le petit découchait. *ne pas coucher chez lui.*

Allons ! je suis sauvé ; devant Bocage au moins tout va bien. Quel imbécile que ce Bute ! Certes, ce soir je n'ai pas grand désir de braconner.

Je croyais déjà tout fini, mais une heure après voici Charles. Il n'a pas l'air de plaisanter ; de loin déjà il paraît plus rasant encore que son père. Dire que l'an passé...

« Eh bien ! Charles, voilà longtemps qu'on na t'a vu.

— Si Monsieur tenait à me voir, il n'avait qu'à venir sur la ferme. Ce n'est parbleu ni des bois ni de la nuit que j'ai affaire.

— Ah ! ton père t'a raconté...

— Mon père ne m'a rien raconté parce que mon père ne sait rien. Qu'a-t-il besoin d'apprendre, à son âge, que son maître se fiche de lui ?

— Attention, Charles ! tu vas trop loin...

— Oh ! parbleu, vous êtes le maître ! et vous faites ce qui vous plaît.

— Charles, tu sais parfaitement que je ne me suis moqué de personne, et si je fais ce qui me plaît c'est que cela ne nuit qu'à moi. »

Il eut un léger haussement d'épaules.

« Comment voulez-vous qu'on défende vos intérêts, quand vous les attaquez vous-même ? Vous ne pouvez protéger à la fois le garde et le braconnier.

— Pourquoi ?

— Parce qu'alors... ah ! tenez, Monsieur, tout cela c'est trop malin pour moi, et simplement cela ne me plaît pas de voir mon maître faire bande avec ceux qu'on arrête, et défaire avec eux le travail qu'on a fait pour lui. »

Et Charles dit cela d'une voix de plus en plus assurée. Il se tient presque noblement. Je remarque qu'il a fait couper ses favoris. Ce qu'il dit est d'ailleurs assez juste. Et comme je me tais (que lui dirais-je ?), il continue :

« Qu'on ait des devoirs envers ce qu'on possède, Monsieur me l'enseignait l'an dernier, mais semble l'avoir oublié. Il faut prendre ces devoirs au sérieux et renoncer à jouer avec... ou alors c'est qu'on ne méritait pas de posséder. »

Un silence.

« C'est tout ce que tu avais à dire ?

— Pour ce soir, oui Monsieur ; mais un autre soir, si Monsieur m'y pousse, peut-être viendrai-je dire à Monsieur que mon père et moi quittons La Morinière. »

Et il sort en me saluant très bas. A peine si je prends le temps de réfléchir :

150

« Charles ! » — Il a parbleu raison... Mais si c'est là ce qu'on appelle posséder !... Charles ! Je cours après lui ; je le rattrape dans la nuit, et, très vite, comme pour assurer ma décision subite :

« Tu peux annoncer à ton père que je mets La Morinière en vente. »

Charles salue gravement et s'éloigne sans dire un mot.

Tout cela est absurde.

Marceline, ce soir, ne peut descendre pour dîner et me fait dire qu'elle est souffrante. Je monte en hâte et plein d'anxiété dans sa chambre. Elle me rassure aussitôt. « Ce n'est qu'un rhume », espère-t-elle. Elle a pris froid.

« Tu ne pouvais donc pas te couvrir ?

— Pourtant, dès le premier frisson, j'ai mis mon châle.

— Ce n'est pas après le frisson qu'il fallait le mettre ; c'est avant. »

Elle me regarde, essaye de sourire... Ah ! peut-être une journée si mal commencée me dispose-t-elle à l'angoisse — elle m'aurait dit à haute voix : « Tiens-tu donc tant à ce que je vive ? » je ne l'aurais pas mieux entendue. Décidément tout se défait autour de moi ; de tout ce que ma main saisit, ma main ne sait rien retenir... Je m'élance vers Marceline et couvre de baisers ses tempes pâles. Alors, elle ne se retient plus et sanglote sur mon épaule.

« Oh ! Marceline ! Marceline ! partons d'ici.

151

Ailleurs je t'aimerai comme je t'aimais à Sorrente. Tu m'as cru changé, n'est-ce pas ? Mais ailleurs, tu sentiras bien que rien n'a changé notre amour... »

Et je ne guéris pas encore sa tristesse, mais déjà, comme elle se raccroche à l'espoir !

La saison n'était pas avancée, mais il faisait humide et froid, et déjà les derniers boutons de rosiers pourrissaient sans pouvoir éclore. Nos invités nous avaient quittés depuis longtemps. Marceline n'était pas si souffrante qu'elle ne pût s'occuper de fermer la maison, et cinq jours après nous partîmes.

TROISIÈME PARTIE

Je tâchai donc, et encore une fois, de refermer ma main sur mon amour. Mais qu'avais-je besoin de tranquille bonheur ? Celui que me donnait et que représentait pour moi Marceline, était comme un repos pour qui ne se sent pas fatigué. — Mais comme je sentais qu'elle était lasse et qu'elle avait besoin de mon amour, je l'en enveloppai et feignis que ce fût par le besoin que j'en avais moi-même. Je sentais intolérablement sa souffrance ; c'était pour l'en guérir que je l'aimais.

Ah ! soins passionnés, tendres veilles ! Comme d'autres ravivent leur foi en en exagérant les pratiques, ainsi développai-je mon amour. Et Marceline se reprenait, vous dis-je, aussitôt à l'espoir. En elle il y avait encore tant de jeunesse ; en moi tant de promesses, croyait-elle. — Nous nous enfuîmes de Paris comme pour de nouvelles noces. Mais, dès le premier jour du voyage, elle commença d'aller beaucoup plus mal ; dès Neuchâtel il nous fallut nous arrêter.

Combien j'aimai ce lac aux rives glauques !
sans rien d'alpestre, et dont les eaux, comme
celles d'un marécage, longtemps se mêlent à la
terre et filtrent entre les roseaux. Je pus
trouver pour Marceline, dans un hôtel très
confortable, une chambre ayant vue sur le lac ;
je ne la quittai pas de tout le jour.

Elle allait si peu bien que, dès le lendemain,
je fis venir un docteur de Lausanne. Il
s'inquiéta, bien inutilement, de savoir si déjà,
dans la famille de ma femme, je connaissais
d'autres cas de tuberculose. Je répondis que
oui ; pourtant je n'en connaissais pas ; mais il
me déplaisait de dire que moi-même j'avais
été presque condamné pour cela et qu'avant
de m'avoir soigné Marceline n'avait jamais été
malade. Et je rejetai tout sur l'embolie, bien
que le médecin n'y voulût voir rien qu'une
cause occasionnelle et m'affirmât que le mal
datait de plus loin. Il nous conseilla vivement
le grand air des hautes Alpes, où Marceline,
affirmait-il, guérirait ; et, comme précisément
mon désir était de passer tout l'hiver en
Engadine, sitôt que Marceline fut assez bien
pour pouvoir supporter le voyage, nous repartîmes.

Je me souviens comme d'événements de
chaque sensation de la route. Le temps était
limpide et froid ; nous avions emporté les plus
chaudes fourrures... A Coire, le vacarme inces-
sant de l'hôtel nous empêcha presque complètement de dormir. J'aurais pris gaiement mon
parti d'une nuit blanche dont je ne me serais

154

pas senti fatigué ; mais Marceline... Et je ne m'irritai point tant contre ce bruit que de ce qu'elle n'eût su trouver, et malgré ce bruit, le sommeil. Elle en eût eu si grand besoin ! — Le lendemain nous partîmes dès avant l'aube ; nous avions retenu les places du coupé dans la diligence de Coire ; les relais bien organisés permettent de gagner Saint-Moritz en un jour.

Tiefenkasten, le Julier, Samaden... je me souviens de tout, heure par heure ; de la qualité très nouvelle et de l'inclémence de l'air ; du son des grelots des chevaux ; de ma faim ; de la halte à midi devant l'auberge ; de l'œuf cru que je crevai dans la soupe, du pain bis et de la froideur du vin aigre. — Ces mets grossiers convenaient mal à Marceline ; elle ne put manger à peu près rien que quelques biscuits secs qu'heureusement j'avais eu soin de prendre pour la route. — Je revois la tombée du jour, la rapide ascension de l'ombre contre les pentes des forêts ; puis une halte encore. L'air devient toujours plus vif et plus cru. Quand la diligence s'arrête, on plonge jusqu'au cœur dans la nuit et dans le silence limpide ; limpide... il n'y a pas d'autre mot. Le moindre bruit prend sur cette transparence étrange sa qualité parfaite et sa pleine sonorité. On repart dans la nuit. Marceline tousse... Oh ! n'arrêtera-t-elle pas de tousser ? Je resonge à la diligence de Sousse. Il me semble que je toussais mieux que cela : Elle fait trop d'efforts... Comme elle paraît faible et changée ; dans l'ombre, ainsi, je la reconnaîtrais à peine. Que ses traits sont tirés ! Est-ce que l'on voyait ainsi les deux trous noirs de ses narines ? — Oh ! elle tousse affreusement. C'est le plus clair résultat de ses soins. J'ai horreur de la sympathie ; toutes les contagions s'y cachent ; on ne devrait sympathiser qu'avec les forts. — Oh ! vraiment elle n'en peut plus ! N'arriverons-nous pas bientôt !... Que fait-elle ?... Elle prend son mouchoir ; le porte à ses lèvres ; se détourne... Horreur ! est-ce qu'elle aussi va cracher le sang ? — Brutalement j'arrache le mouchoir de ses mains. Dans la demi-clarté de la lanterne, je regarde... Rien. Mais j'ai trop montré mon angoisse ; Marceline tristement s'efforce de sourire et murmure :

« Non ; pas encore. »

Enfin nous arrivons. Il n'est que temps ; elle se tient à peine. Les chambres qu'on nous a préparées ne me satisfont pas ; nous y passons la nuit, puis demain nous changerons. Rien ne me paraît assez beau ni trop cher. Et comme la saison d'hiver n'est pas encore commencée, l'immense hôtel se trouve à peu près vide ; je peux choisir. Je prends deux chambres spacieuses, claires et simplement meublées ; un grand salon y attenant, se terminant en large bow-window d'où l'on peut voir et le hideux lac bleu, et je ne sais quel mont brutal, aux pentes trop boisées ou trop nues. C'est là qu'on nous servira nos repas. L'appartement est hors de prix, mais que m'importe ! je n'ai plus mon cours, il est vrai, mais fais vendre La Mori-

nière. Et puis nous verrons bien. D'ailleurs,
qu'ai-je besoin d'argent ? Qu'ai-je besoin de
tout cela ?... Je suis devenu fort, à présent... je
pense qu'un complet changement de fortune
doit éduquer autant qu'un complet changement de santé... Marceline, elle, a besoin de
luxe ; elle est faible... ah ! pour elle je veux
dépenser tant et tant que... Et je prenais tout à
la fois l'horreur et le goût de ce luxe. J'y lavais,
j'y baignais ma sensualité, puis la souhaitais
vagabonde.

Cependant Marceline allait mieux, et mes
soins constants triomphaient. Comme elle
avait peine à manger, je commandais, pour
stimuler son appétit, des mets délicats, sédui-
sants ; nous buvions les vins les meilleurs. Je
me persuadais qu'elle y prenait grand goût,
tant m'amusaient ces crus étrangers que nous
expérimentions chaque jour. Ce furent d'âpres
vins du Rhin ; des tokay presque sirupeux qui
m'emplirent de leur vertu capiteuse. Je me
souviens d'un bizarre barba-grisca, dont il ne
restait plus qu'une bouteille, de sorte que je ne
pus savoir si le goût saugrenu qu'il avait se
serait retrouvé dans les autres.

Chaque jour nous sortions en voiture ; puis
en traîneau, lorsque la neige fut tombée, enve-
loppés jusqu'au cou de fourrures. Je rentrais le
visage en feu, plein d'appétit, puis de sommeil.
— Cependant je ne renonçais pas à tout travail
et trouvais chaque jour plus d'une heure où
méditer sur ce que je sentais devoir dire.
D'histoire il n'était plus question ; depuis long-

157

temps déjà mes études historiques ne m'intéressaient plus que comme un moyen d'investigation psychologique. J'ai dit comment j'avais pu m'éprendre à nouveau du passé, quand j'y avais cru voir de troubles ressemblances ; j'avais osé prétendre, à force de presser les morts, obtenir d'eux quelque secrète indication sur la vie... A présent le jeune Athalaric lui-même pouvait pour me parler, se lever de sa tombe ; je n'écoutais plus le passé. — Et comment une antique réponse eût-elle satisfait à ma nouvelle question : — Qu'est-ce que l'homme peut encore ? Voilà ce qu'il m'importait de savoir. Ce que l'homme a dit jusqu'ici, est-ce tout ce qu'il pouvait dire ? N'a-t-il rien ignoré de lui ? Ne lui reste-t-il qu'à redire ?... Et chaque jour croissait en moi le confus sentiment de richesses intactes, que couvraient, cachaient, étouffaient les cultures, les décences, les morales.

Il me semblait alors que j'étais né pour une sorte inconnue de trouvailles ; et je me passionnais étrangement dans ma recherche ténébreuse, pour laquelle je sais que le chercheur devait abjurer et repousser de lui culture, décence et morale.

J'en venais à ne goûter plus en autrui que les manifestations les plus sauvages, à déplorer qu'une contrainte quelconque les réprimât. Pour un peu je n'eusse vu dans l'honnêteté que restrictions, conventions ou peur. Il m'aurait plu de la chérir comme une difficulté rare ; nos mœurs en avaient fait la forme mutuelle et

158

banale d'un contrat. En Suisse, elle fait partie du confort. Je comprenais que Marceline en eût besoin ; mais ne lui cachais pourtant pas le cours nouveau de mes pensées. A Neuchâtel déjà, comme elle louangeait cette honnêteté qui transpire là-bas des murs et des visages :

« La mienne me suffit amplement, repartis-je ; j'ai les honnêtes gens en horreur. Si je n'ai rien à craindre d'eux, je n'ai non plus rien à apprendre. Et eux n'ont d'ailleurs rien à dire... Honnête peuple suisse ! Se porter bien ne lui vaut rien... sans crimes, sans histoire, sans littérature, sans arts... un robuste rosier, sans épines ni fleurs... »

Et que ce pays honnête m'ennuyât, c'est ce que je savais d'avance, mais, au bout de deux mois, cet ennui devenant une sorte de rage, je ne songeai plus qu'à partir.

Nous étions à la mi-janvier. Marceline allait mieux, beaucoup mieux : la petite fièvre continue qui lentement la minait s'était éteinte ; un sang plus frais recolorait ses joues ; elle marchait de nouveau volontiers, quoique peu ; n'était plus comme avant constamment lasse. Je n'eus pas trop grand-peine à la persuader que tout le bénéfice de cet air tonique était acquis, que rien ne lui serait meilleur à présent que de descendre en Italie où la tiède faveur du printemps achèverait de la guérir — et surtout je n'eus pas grand-peine à m'en persuader moi-même, tant j'étais las de ces hauteurs.

Et pourtant, à présent que, dans mon

159

désœuvrement, le passé détesté reprend sa force, entre tous, ces souvenirs m'obsèdent. Courses rapides en traîneau ; cinglement joyeux de l'air sec, éclaboussement de la neige, appétit ; — marche incertaine dans le brouillard, sonorités bizarres des voix, brusque apparition des objets ; — lectures dans le salon bien calfeutré, paysage à travers la vitre, paysage glacé ; — tragique attente de la neige ; — disparition du monde extérieur, voluptueux blottissement des pensées... Oh ! patiner encore avec elle, là-bas, seuls, sur ce petit lac pur, entouré de mélèzes, perdu ; puis rentrer avec elle, le soir...

un arbre conifère

Cette descente en Italie eut pour moi tous les vertiges d'une chute. Il faisait beau. A mesure que nous enfoncions dans l'air plus tiède et plus dense, les arbres rigides des sommets, mélèzes et sapins réguliers, faisaient place à une végétation riche de molle grâce et d'aisance. Il me semblait quitter l'abstraction pour la vie, et bien que nous fussions en hiver, j'imaginais partout des parfums. Depuis trop longtemps nous n'avions plus ri qu'à des ombres. Ma privation me grisait, et c'est de soif que j'étais ivre, comme d'autres sont ivres de vin. L'épargne de ma vie était admirable ; au seuil de cette terre tolérante et prometteuse, tous mes appétits éclataient. Une énorme réserve d'amour me gonflait ; parfois elle affluait du fond de ma chair vers ma tête *mauvaise conduite* et dévergondait mes pensées.

Cette illusion de printemps dura peu. Le

brusque changement d'altitude m'avait pu tromper un instant, mais, dès que nous eûmes quitté les rives abritées des lacs, Bellagio, Côme où nous nous attardâmes quelques jours, nous retrouvâmes l'hiver et la pluie. Le froid que nous supportions bien en Engadine, non plus sec et léger comme sur les hauteurs, mais humide à présent et maussade, commença de nous faire souffrir. Marceline se remit à tousser. Alors, pour fuir le froid, nous descendîmes plus au sud ; nous quittâmes Milan pour Florence, Florence pour Rome, Rome pour Naples qui, sous la pluie d'hiver, est bien la plus lugubre ville que je connaisse. Je traînais un ennui sans nom. Nous revînmes à Rome, chercher, à défaut de chaleur, un semblant de confort. Sur le Monte Pincio nous louâmes un appartement trop vaste, mais admirablement situé. A Florence déjà, mécontents des hôtels, nous avions loué pour trois mois une exquise villa sur le Viale dei Colli. Un autre y aurait souhaité toujours vivre... Nous n'y restâmes pas vingt jours. A chaque nouvelle étape pourtant, j'avais soin d'aménager tout comme si nous ne devions plus repartir. Un démon plus fort me poussait... Ajoutez à cela que nous n'emportions pas moins de huit malles. Il y en avait une, uniquement pleine de livres, et que, durant tout le voyage, je n'ouvris pas même une fois.

Je n'admettais pas que Marceline s'occupât de nos dépenses, ni tentât de les modérer. Qu'elles fussent excessives, certes, je le savais, et qu'elles ne pourraient durer. Je cessai de compter sur l'argent de La Morinière ; elle ne rapportait plus rien et Bocage écrivait qu'il ne trouvait pas d'acquéreur. Mais toute considération d'avenir n'aboutissait qu'à me faire dépenser davantage. Ah ! qu'aurais-je besoin de tant, une fois seul !... pensais-je et j'observais, plein d'angoisse et d'attente, diminuer, plus vite encore que ma fortune, la frêle vie de Marceline.

Bien qu'elle se reposât sur moi de tous les soins, ces déplacements précipités la fatiguaient ; mais ce qui la fatiguait plus, j'ose bien à présent me l'avouer, c'était la peur de ma pensée.

« Je vois bien, me dit-elle un jour, je comprends bien votre doctrine — car c'est une doctrine à présent. Elle est belle, peut-être, — puis elle ajouta plus bas, tristement : mais elle supprime les faibles.

— C'est ce qu'il faut », répondis-je aussitôt malgré moi.

Alors il me parut sentir, sous l'effroi de ma brutale parole, cet être délicat se replier et frissonner... Ah ! peut-être allez-vous penser que je n'aimais pas Marceline. Je jure que je l'aimais passionnément. Jamais elle n'avait été et ne m'avait paru si belle. La maladie avait subtilisé et comme extasié ses traits. Je ne la quittais presque plus, l'entourais de soins continus, protégeais, veillais chaque instant et de ses jours et de ses nuits. Si léger que fût son sommeil, j'exerçai mon sommeil à rester plus

162

léger encore ; je la surveillais s'endormir et je m'éveillais le premier. Quand, parfois, la quittant une heure, je voulais marcher seul dans la campagne ou dans les rues, je ne sais quel souci d'amour et la crainte de son ennui me rappelaient vite auprès d'elle ; et parfois j'appelais à moi ma volonté, protestais contre cette emprise, me disais : n'est-ce que cela que tu vaux, faux grand homme ! et me contraignais à faire durer mon absence ; mais je rentrais alors les bras chargés de fleurs, fleurs de jardin précoce ou fleurs de serre... Oui, vous dis-je ; je la chérissais tendrement. Mais comment exprimer ceci... à mesure que je me respectais moins, je la vénérais davantage ; — et qui dira combien de passions et combien de pensées ennemies peuvent cohabiter en l'homme ?...

Depuis longtemps déjà le mauvais temps avait cessé ; la saison s'avançait ; et brusquement les amandiers fleurirent. — C'était le premier mars. Je descends au matin sur la place d'Espagne. Les paysans ont dépouillé de ses rameaux blancs la campagne, et les fleurs d'amandiers chargent les paniers des vendeurs. Mon ravissement est tel que j'en achète tout un bouquet. Trois hommes me l'apportent. Je rentre avec tout ce printemps. Les branches s'accrochent aux portes, des pétales neigent sur le tapis. J'en mets partout, dans tous les vases ; j'en blanchis le salon, dont Marceline pour l'instant, est absente. Déjà je me réjouis de sa joie... Je l'entends venir. La voici. Elle ouvre la porte. Elle chancelle... Elle éclate en sanglots.

« Qu'as-tu ? ma pauvre Marceline. »

Je m'empresse auprès d'elle ; la couvre de tendres caresses. Alors, comme pour s'excuser de ses larmes :

« L'odeur de ces fleurs me fait mal », dit-elle...

Et c'était une fine, fine, une discrète odeur de miel... Sans rien dire, je saisis ces innocentes branches fragiles, les brise, les emporte, les jette, exaspéré, le sang aux yeux. — Ah ! si déjà ce peu de printemps elle ne le peut plus supporter !...

Je repense souvent à ces larmes et je crois maintenant que, déjà se sentant condamnée, c'est du regret d'autres printemps qu'elle pleurait. — Je pense aussi qu'il est de fortes joies pour les forts, et de faibles joies pour les faibles que les fortes joies blesseraient. Elle, un rien de plaisir la soûlait ; un peu d'éclat de plus, et elle ne le pouvait plus supporter. Ce qu'elle appelait le bonheur, c'est ce que j'appelais le repos, et moi je ne voulais ni ne pouvais me reposer.

Quatre jours après nous repartîmes pour Sorrente. Je fus déçu de n'y trouver pas plus de chaleur. Tout semblait grelotter. Le vent qui n'arrêtait pas de souffler fatiguait beaucoup Marceline. Nous avions voulu descendre au même hôtel qu'à notre précédent voyage ; nous retrouvions la même chambre... Nous regardions avec étonnement, sous le ciel terne, tout le décor désenchanté, et le morne jardin de l'hôtel qui nous paraissait si charmant quand s'y promenait notre amour.

Nous résolûmes de gagner par mer Palerme dont on nous vantait le climat ; nous rentrâmes à Naples où nous devions nous embarquer et où nous nous attardâmes encore. Mais à Naples du moins je ne m'ennuyais pas. Naples est une ville vivante où ne s'impose pas le passé.

Presque tous les instants du jour je restais près de Marceline. La nuit, elle se couchait tôt, étant lasse ; je la surveillais s'endormir, et parfois me couchais moi-même, puis, quand son souffle plus égal m'avertissait qu'elle dormait, je me relevais sans bruit, je me rhabillais sans lumière ; je me glissais dehors comme un voleur.

Dehors ! oh ! j'aurais crié d'allégresse. Qu'allais-je faire ? Je ne sais pas. Le ciel, obscur le jour, s'était délivré des nuages ; la lune presque pleine luisait. Je marchais au hasard, sans but, sans désir, sans contrainte. Je regardais tout d'un œil neuf ; j'épiais chaque bruit, d'une oreille plus attentive ; je humais l'humidité de la nuit ; je posais ma main sur des choses ; je rôdais.

Le dernier soir que nous restions à Naples je prolongeai jusqu'au matin cette débauche vagabonde. En rentrant je trouvai Marceline en larmes. Elle avait eu peur, me dit-elle, s'étant brusquement réveillée et ne m'ayant plus senti là. Je la tranquillisai, expliquai de

165

mon mieux mon absence et promis de ne plus la quitter. — Mais, dès la première nuit de Palerme, je n'y pus tenir ; je sortis... Les premiers orangers fleurissaient ; le moindre souffle en apportait l'odeur...

Nous ne restâmes à Palerme que cinq jours ; puis, par un grand détour, regagnâmes Taormine que tous deux désirions revoir. Ai-je dit que le village est assez haut perché dans la montagne ; la gare est au bord de la mer. La voiture qui nous conduisit à l'hôtel dut me ramener aussitôt vers la gare où j'allais réclamer nos malles. Je m'étais mis debout dans la voiture pour causer avec le cocher. C'était un petit Sicilien de Catane, beau comme un vers de Théocrite, éclatant, odorant, savoureux comme un fruit.

« Come'è bella la Signora ! dit-il d'une voix charmante en regardant s'éloigner Marceline.

— Anche tu sei bello, ragazzo, répondis-je ; et, comme j'étais penché vers lui, je n'y pus tenir et, bientôt, l'attirant contre moi, l'embrassai. Il se laissa faire en riant.

— I Francesi sono tutti amanti, dit-il.

— Ma non tutti gli Italiani amati », repartis-je, en riant aussi... Je le cherchai les jours suivants, mais je ne pus parvenir à le revoir.

Nous quittâmes Taormine pour Syracuse. Nous redéfaisions pas à pas notre premier voyage, remontions vers le début de notre amour. Et de même que, de semaine en semaine lors de notre premier voyage, je marchais vers la guérison, de semaine en semaine

166

à mesure que nous avancions vers le sud, l'état de Marceline empirait.

Par quelle aberration, quel aveuglement obstiné, quelle volontaire folie, me persuadai-je, et surtout tâchai-je de lui persuader qu'il lui fallait plus de lumière encore et de chaleur, invoquai-je le souvenir de ma convalescence à Biskra... L'air s'était attiédi pourtant; la baie de Palerme est clémente et Marceline s'y plaisait. Là, peut-être, elle aurait... Mais étais-je maître de choisir mon vouloir? de décider de mon désir?

A Syracuse l'état de la mer et le service irrégulier des bateaux nous força d'attendre huit jours. Tous les instants que je ne passai pas près de Marceline, je les passai dans le vieux port. O petit port de Syracuse! odeurs de vin suri, ruelles boueuses, puante échoppe où roulaient débardeurs, vagabonds, mariniers avinés. La société des pires gens m'était compagnie délectable. Et qu'avais-je besoin de comprendre bien leur langage, quand toute ma chair le goûtait. La brutalité de la passion y prenait encore à mes yeux un hypocrite aspect de santé, de vigueur. Et j'avais beau me dire que leur vie misérable ne pouvait avoir pour eux le goût qu'elle prenait pour moi... Ah! j'eusse voulu rouler avec eux sous la table et ne me réveiller qu'au frisson triste du matin. Et j'exaspérais auprès d'eux ma grandissante horreur du luxe, du confort, de ce dont je m'étais entouré, de cette protection que ma neuve santé avait su me rendre inutile, de toutes ces précautions que l'on prend pour préserver son corps du contact hasardeux de la vie. J'imaginais plus loin leur existence. J'eusse voulu plus loin les suivre, et pénétrer dans leur ivresse... Puis soudain je revoyais Marceline. Que faisait-elle en cet instant ? Elle souffrait, pleurait peut-être... Je me levais en hâte ; je courais ; je rentrais à l'hôtel, où semblait écrit sur la porte : Ici les pauvres n'entrent pas.

Marceline m'accueillait toujours de même ; sans un mot de reproche ou de doute, et s'efforçant malgré tout de sourire. — Nous prenions nos repas à part ; je lui faisais servir tout ce que le médiocre hôtel pouvait réserver de meilleur. Et pendant le repas je pensais : un morceau de pain, de fromage, un pied de fenouil leur suffit et me suffirait comme à eux. Et peut-être que là, là tout près, il en est qui ont faim et qui n'ont même pas cette maigre pitance... Et voici sur ma table de quoi les soûler pour trois jours ! J'eusse voulu crever les murs, laisser affluer les convives... Car sentir souffrir de la faim me devenait angoisse affreuse. Et je regagnais le vieux port où je répandais au hasard les menues pièces dont j'avais les poches remplies.

La pauvreté de l'homme est esclave ; pour manger elle accepte un travail sans plaisir ; tout travail qui n'est pas joyeux est lamentable, pensais-je, et je payais le repos de plusieurs. Je disais : — Ne travaille donc pas : ça t'ennuie. Je rêvais pour chacun ce loisir sans lequel ne peut s'épanouir aucune nouveauté, aucun vice, aucun art.

Marceline ne se méprenait pas sur ma pensée ; quand je revenais du vieux port, je ne lui cachais pas quels tristes gens m'y entouraient. — Tout est dans l'homme. Marceline entrevoyait bien ce que je m'acharnais à découvrir ; et comme je lui reprochais de croire trop souvent à des vertus qu'elle inventait à mesure en chaque être :

« Vous, vous n'êtes content, me dit-elle, que quand vous leur avez fait montrer quelque vice. Ne comprenez-vous pas que notre regard développe, exagère en chacun le point sur lequel il s'attache ? et que nous le faisons devenir ce que nous prétendons qu'il est. »

J'eusse voulu qu'elle n'eût pas raison, mais devais bien m'avouer qu'en chaque être, le pire instinct me paraissait le plus sincère. — Puis, qu'appelais-je sincérité ?

Nous quittâmes enfin Syracuse. Le souvenir et le désir du Sud m'obsédaient. Sur mer, Marceline alla mieux... Je revois le ton de la mer. Elle est si calme que le sillage du navire semble y durer. J'entends les bruits d'égouttement, les bruits liquides ; le lavage du pont, et sur les planches le claquement des pieds nus des laveurs. Je revois Malte toute blanche ; l'approche de Tunis... Comme je suis changé !

Il fait chaud. Il fait beau. Tout est splendide. Ah ! je voudrais qu'en chaque phrase, ici, tout une moisson de volupté se distille... En vain chercherais-je à présent à imposer à mon récit

plus d'ordre qu'il n'y en eut dans ma vie.
Assez longtemps j'ai cherché de vous dire
comment je devins qui je suis. Ah! désembar-
rasser mon esprit de cette insupportable logi-
que !... Je ne sens rien que de noble en moi.

Tunis. Lumière plus abondante que forte.
L'ombre en est encore emplie. L'air lui-même
semble un fluide lumineux où tout baigne, où
l'on plonge, où l'on nage. Cette terre de
volupté satisfait mais n'apaise pas le désir, et
toute satisfaction l'exalte.

Terre en vacance d'œuvres d'art. Je méprise
ceux qui ne savent reconnaître la beauté que
transcrite déjà et toute interprétée. Le peuple
arabe a ceci d'admirable que, son art, il le vit,
il le chante et le dissipe au jour le jour ; il ne
le fixe point et ne l'embaume en aucune
œuvre. C'est la cause et l'effet de l'absence de
grands artistes... J'ai toujours cru les grands
artistes ceux qui osent donner droit de beauté
à des choses si naturelles qu'elles font dire
après, à qui les voit : « Comment n'avais-je
pas compris jusqu'alors que cela aussi était
beau... »

A Kairouan, que je ne connaissais pas
encore, et où j'allai sans Marceline, la nuit
était très belle. Au moment de rentrer dormir
à l'hôtel, je me souvins d'un groupe d'Arabes
couchés en plein air sur les nattes d'un petit
café. Je m'en fus dormir tout contre eux. Je
revins couvert de vermine.

La chaleur moite de la côte affaiblissant
beaucoup Marceline, je lui persuadai que ce

qu'il nous fallait, c'était gagner Biskra au plus vite. Nous étions au début d'avril.

Ce voyage est très long. Le premier jour nous gagnons d'une traite Constantine ; le second jour, Marceline est très lasse et nous n'allons que jusqu'à El Kantara. — Là nous avons cherché et nous avons trouvé vers le soir une ombre plus délicieuse et plus fraîche que la clarté de la lune, la nuit. Elle était comme un breuvage intarissable ; elle ruisselait jusqu'à nous. Et du talus où nous étions assis, on voyait la plaine embrasée. Cette nuit Marceline ne peut dormir ; l'étrangeté du silence et les moindres bruits l'inquiètent. Je crains qu'elle n'ait un peu de fièvre. Je l'entends se remuer sur son lit. Le lendemain je la trouve plus pâle. Nous repartons.

Biskra. C'est donc là que je veux en venir... Oui ; voici le jardin public ; le banc... je reconnais le banc où je m'assis aux premiers jours de ma convalescence. Qu'y lisais-je donc ?... Homère ; depuis je ne l'ai pas rouvert. — Voici l'arbre dont j'allai palper l'écorce. Que j'étais faible, alors !... Tiens ! voici des enfants... Non ; je n'en reconnais aucun. Que Marceline est grave ! Elle est aussi changée que moi. Pourquoi tousse-t-elle, par ce beau temps ? — Voici l'hôtel. Voici nos chambres ; nos terrasses. Que pense Marceline ? Elle ne m'a pas dit un mot. Sitôt arrivée dans sa chambre, elle s'étend sur le lit ; elle est lasse et dit vouloir dormir un peu. Je sors.

Je ne reconnais pas les enfants, mais les

enfants me reconnaissent. Prévenus de mon arrivée, tous accourent. Est-il possible que ce soient eux ? Quelle déconvenue ! Que s'est-il donc passé ? Ils ont affreusement grandi. En à peine un peu plus de deux ans, — cela n'est pas possible... quelles fatigues, quels vices, quelles paresses, ont déjà mis tant de laideur sur ces visages, où tant de jeunesse éclatait ? Quels travaux vils ont déjeté si tôt ces beaux corps ? Il y a là comme une banqueroute... Je questionnnne. Bachir est garçon plongeur d'un café ; Ashour gagne à grand-peine quelques sous à casser les cailloux des routes ; Hammatar a perdu un œil. Qui l'eût cru ? Sadeck s'est rangé ; il aide un frère aîné à vendre des pains au marché ; il semble devenu stupide. Agib s'est établi boucher près de son père ; il engraisse ; il est laid ; il est riche ; il ne veut plus parler à ses compagnons déclassés... Que les carrières honorables abêtissent ! Vais-je donc retrouver chez eux ce que je haïssais parmi nous ? — Boubaker ? — Il s'est marié. Il n'a pas quinze ans. C'est grotesque. — Non, pourtant ; je l'ai revu le soir. Il s'explique : son mariage n'est qu'une frime. C'est, je crois, un sacré débauché. Mais il boit, se déforme... Et voilà donc tout ce qui reste ? Voilà donc ce qu'en fait la vie ! — Je sens à mon intolérable tristesse que c'était beaucoup eux que je venais revoir. — Ménalque avait raison : le souvenir est une invention de malheur.

Et Moktir ? — Ah ! celui-là sort de prison. Il se cache. Les autres ne fraient plus avec lui. Je

172

voudrais le revoir. Il était le plus beau d'eux tous ; va-t-il me décevoir aussi ?... On le retrouve. On me l'amène. Non ! celui-là n'a pas failli. Même mon souvenir ne me le représentait pas si superbe. Sa force et sa beauté sont parfaites... En me reconnaissant il sourit.

« Et que faisais-tu donc avant d'être en prison ?

— Rien.

— Tu volais ? »

Il proteste.

« Que fais-tu maintenant ? »

Il sourit.

« Eh ! Moktir ! si tu n'as rien à faire, tu nous accompagneras à Touggourt. » — Et je suis pris soudain du désir d'aller à Touggourt.

Marceline ne va pas bien ; je ne sais pas ce qui se passe en elle. Quand je rentre à l'hôtel ce soir-là, elle se presse contre moi sans rien dire, les yeux fermés. Sa manche large, qui se relève, laisse voir son bras amaigri. Je la caresse et la berce longtemps, comme un enfant que l'on veut endormir. Est-ce l'amour, ou l'angoisse, ou la fièvre qui la fait trembler ainsi ?... Ah ! peut-être il serait temps encore... Est-ce que je ne m'arrêterai pas ? — J'ai cherché, j'ai trouvé ce qui fait ma valeur : une espèce d'entêtement dans le pire. — Mais comment arrivé-je à dire à Marceline que demain nous partons pour Touggourt ?...

A présent elle dort dans la chambre voisine. La lune, depuis longtemps levée, inonde à présent la terrasse. C'est une clarté presque effrayante. On ne peut pas s'en cacher. Ma chambre a des dalles blanches, et là surtout elle paraît. Son flot entre par la fenêtre grande ouverte. Je reconnais sa clarté dans la chambre, et l'ombre qu'y dessine la porte. Il y a deux ans elle entrait plus avant encore... oui, là précisément où elle avance maintenant — quand je me suis levé renonçant à dormir. J'appuyais mon épaule contre le montant de cette porte-là. Je reconnais l'immobilité des palmiers... Quelle parole avais-je donc lue ce soir-là ?... Ah ! oui ; les mots du Christ à Pierre : « Maintenant tu te ceins toi-même, et tu vas où tu veux aller... » Où vais-je ? Où veux-je aller ?... Je ne vous ai pas dit que, de Naples, cette dernière fois, j'avais gagné Paestum, un jour, seul... ah ! j'aurais sangloté devant ces pierres ! L'ancienne beauté paraissait, simple, parfaite, souriante — abandonnée. L'art s'en va de moi, je le sens. C'est pour faire place à quoi d'autre ? Ce n'est plus, comme avant, une souriante harmonie... Je ne sais plus le dieu ténébreux que je sers. O Dieu neuf ! donnez-moi de connaître encore des races nouvelles, des types imprévus de beauté.

Le lendemain, dès l'aube, la diligence nous emmène. Moktir est avec nous. Moktir est heureux comme un roi.

Chegga ; Kefeldorh' ; M'reyer... mornes étapes sur la route plus morne encore, interminable. J'aurais cru pourtant, je l'avoue, plus riantes ces oasis. Mais plus rien que la pierre et le sable ; puis quelques buissons nains bizarrement fleuris ; parfois quelque essai de palmiers qu'alimente une source cachée... A l'oasis je préfère à présent le désert... ce pays de mortelle gloire et d'intolérable splendeur. L'effort de l'homme y paraît laid et misérable. Maintenant toute autre terre m'ennuie.

« Vous aimez l'inhumain », dit Marceline. Mais comme elle regarde elle-même ! et avec quelle avidité !

Le temps se gâte un peu, le second jour ; c'est-à-dire que le vent s'élève et que l'horizon se ternit. Marceline souffre ; le sable qu'on respire, brûle, irrite sa gorge ; la surabondante lumière fatigue son regard ; ce paysage hostile la meurtrit. — Mais à présent il est trop tard pour revenir. Dans quelques heures nous serons à Touggourt.

C'est de cette dernière partie du voyage, pourtant si proche encore, que je me souviens le moins bien. Impossible, à présent, de revoir les paysages du second jour et ce que je fis d'abord à Touggourt. Mais ce que je me rappelle encore, c'est quelles étaient mon impatience et ma précipitation.

Il avait fait très froid le matin. Vers le soir, un simoun ardent s'élève. — Marceline, exténuée par le voyage, s'est couchée sitôt arrivée. J'espérais trouver un hôtel un peu plus confortable ; notre chambre est affreuse ; le sable, le soleil et les mouches ont tout terni, tout sali, défraîchi. N'ayant presque rien mangé depuis l'aurore, je fais servir aussitôt le repas ; mais tout paraît mauvais à Marceline et je ne peux

175

la décider à rien prendre. Nous avons emporté de quoi faire du thé. Je m'occupe à ces soins dérisoires. Nous nous contentons, pour dîner, de quelques gâteaux secs et de ce thé, auquel l'eau salée du pays a donné son goût détestable.

Par un dernier semblant de vertu, je reste jusqu'au soir près d'elle. Et soudain je me sens comme à bout de forces moi-même. O goût de cendres ! O lassitude ! Tristesse du surhumain effort ! J'ose à peine la regarder ; je sais trop que mes yeux, au lieu de chercher son regard, iront affreusement se fixer sur les trous noirs de ses narines ; l'expression de son visage souffrant est atroce. Elle non plus ne me regarde pas. Je sens, comme si je la touchais, son angoisse. Elle tousse beaucoup ; puis s'endort. Par moments un frisson brusque la secoue.

La nuit pourrait être mauvaise et, avant qu'il ne soit trop tard, je veux savoir à qui je pourrais m'adresser. Je sors. Devant la porte de l'hôtel, la place de Touggourt, les rues, l'atmosphère même sont étranges au point de me faire croire que ce n'est pas moi qui les vois. — Après quelques instants, je rentre. Marceline dort tranquillement. Je m'effrayais à tort ; sur cette terre bizarre, on suppose un péril partout ; c'est absurde. Et, suffisamment rassuré, je ressors.

Étrange animation nocturne sur la place, circulation silencieuse ; glissement clandestin des burnous blancs. Le vent déchire par ins-

176

tants des lambeaux de musique étrange et les apporte je ne sais d'où. Quelqu'un vient à moi... C'est Moktir. Il m'attendait, dit-il, et pensait bien que je ressortirais. Il rit. Il connaît bien Touggourt, y vient souvent et sait où il m'emmène. Je me laisse entraîner par lui.

Nous marchons dans la nuit ; nous entrons dans un café maure ; c'est de là que venait la musique. Des femmes arabes y dansent — si l'on peut appeler une danse ce monotone glissement. — Une d'elles me prend par la main ; je la suis ; c'est la maîtresse de Moktir ; il accompagne... Nous entrons tous les trois dans l'étroite et profonde chambre où l'unique meuble est un lit... Un lit très bas, sur lequel on s'assied. Un lapin blanc, enfermé dans la chambre, s'effarouche d'abord puis s'apprivoise et vient manger dans la main de Moktir. On nous apporte du café. Puis, tandis que Moktir joue avec le lapin, cette femme m'attire à elle, et je me laisse aller à elle comme on se laisse aller au sommeil...

Ah ! je pourrais ici feindre ou me taire — mais que n'importe à moi ce récit, s'il cesse d'être véritable ?...

Je retourne seul à l'hôtel, Moktir restant là-bas pour la nuit. Il est tard. Il souffle un sirocco aride ; c'est un vent tout chargé de sable, et torride malgré la nuit. Au bout de quatre pas, je suis en nage ; mais j'ai soudain trop hâte de rentrer, et c'est presque en courant que je reviens. — Elle s'est réveillée peut-être... peut-être elle a besoin de moi ?... Non ;

177

la croisée de la chambre est sombre. J'attends un court répit du vent pour ouvrir ; j'entre très doucement dans le noir. — Quel est ce bruit ?... Je ne reconnais pas sa toux... J'allume.

Marceline est assise à demi sur son lit ; un de ses maigres bras se cramponne aux barreaux du lit, la tient dressée ; ses draps, ses mains, sa chemise, sont inondés d'un flot de sang ; son visage en est tout sali ; ses yeux sont hideusement agrandis ; et n'importe quel cri d'agonie m'épouvanterait moins que son silence. — Je cherche sur son visage transpirant une petite place où poser un affreux baiser ; le goût de sa sueur me reste aux lèvres. Je lave et rafraîchis son front, ses joues... Contre le lit, quelque chose de dur sous mon pied : je me baisse, et ramasse le petit chapelet qu'elle réclamait naguère à Paris, et qu'elle a laissé tomber ; je le passe à sa main ouverte, mais sa main aussitôt s'abaisse et le laisse tomber de nouveau. — Je ne sais que faire : je voudrais demander du secours... Sa main s'accroche à moi désespérément, me retient ; ah ! croit-elle donc que je veux la quitter ? Elle me dit :

« Oh ! tu peux bien attendre encore. » Elle voit que je veux parler : « Ne me dis rien, ajouta-t-elle ; tout va bien. » — De nouveau je ramasse le chapelet ; je le lui remets dans la main, mais de nouveau elle le laisse — que dis-je ? elle le fait tomber. Je m'agenouille auprès d'elle et presse sa main contre moi.

Elle se laisse aller, moitié contre le traversin et moitié contre mon épaule, semble dormir un peu, mais ses yeux restent grands ouverts.

Une heure après elle se redresse ; sa main se dégage des miennes, se crispe à sa chemise et en déchire la dentelle. Elle étouffe. — Vers le petit matin, un nouveau vomissement de sang....

J'ai fini de vous raconter mon histoire. Qu'ajouterais-je de plus ? — Le cimetière français de Touggourt est hideux, à moitié dévoré par les sables... Le peu de volonté qui me restait, je l'ai tout employé à l'arracher de ces lieux de détresse. C'est à El Kantara qu'elle repose, dans l'ombre d'un jardin privé qu'elle aimait. Il y a de tout cela trois mois à peine. Ces trois mois ont éloigné cela de dix ans.

Michel resta longtemps silencieux. Nous nous taisions aussi, pris chacun d'un étrange malaise. Il nous semblait hélas ! qu'à nous la raconter, Michel avait rendu son action plus légitime. De ne savoir où la désapprouver, dans la lente explication qu'il en donna, nous en faisait presque complices. Nous y étions comme engagés. Il avait achevé ce récit sans un tremblement dans la voix, sans qu'une inflexion ni qu'un geste témoignât qu'une émotion quelconque le troublât, soit qu'il mît un cynique orgueil à ne pas nous paraître ému, soit qu'il craignît, par une sorte de pudeur, de provoquer notre émotion par ses larmes, soit enfin qu'il ne fût pas ému. Je ne distingue pas en lui, même à présent, la part d'orgueil, de force, de sécheresse ou de pudeur. — Au bout d'un instant, il reprit :

Ce qui m'effraie c'est, je l'avoue, que je suis encore très jeune. Il me semble parfois que ma vraie vie n'a pas encore commencé. Arrachez-moi d'ici à présent, et donnez-moi des raisons d'être. Moi je ne sais plus en trouver. Je me suis délivré, c'est possible ; mais qu'importe ? je souffre de cette liberté sans emploi. Ce n'est pas, croyez-moi, que je sois fatigué de mon crime, s'il vous plaît de l'appeler ainsi, — mais je dois me prouver à moi-même que je n'ai pas outrepassé mon droit.

J'avais, quand vous m'avez connu d'abord, une grande fixité de pensée, et je sais que c'est là ce qui fait les vrais hommes ; — je ne l'ai plus. Mais ce climat, je crois, en est cause. Rien ne décourage autant la pensée que cette persistance de l'azur. Ici toute recherche est impossible, tant la volupté suit de près le désir. Entouré de splendeur et de mort, je sens le bonheur trop présent et l'abandon à lui trop uniforme. Je me couche au milieu du jour pour tromper la longueur morne des journées et leur insupportable loisir.

J'ai là, voyez, des cailloux blancs que je laisse tremper à l'ombre, puis que je tiens longtemps dans le creux de ma main, jusqu'à ce qu'en soit épuisée la calmante fraîcheur acquise. Alors je recommence, alternant les cailloux, remettant à tremper ceux dont la froideur est tarie. Du temps s'y passe, et vient le soir... Arrachez-moi d'ici ; je ne puis le faire moi-même. Quelque chose en ma volonté s'est brisé ; je ne sais même où j'ai trouvé la force de m'éloigner d'El Kantara. Parfois j'ai peur que ce que j'ai supprimé ne se venge. Je voudrais recommencer à neuf. Je voudrais me débarrasser de ce qui reste de ma fortune ; voyez, ces murs en sont encore couverts... Ici je vis de presque rien. Un aubergiste mi-français m'apprête un peu de nourriture. L'enfant, que vous avez fait fuir en entrant, me l'apporte soir et matin, en échange de quelques sous et de caresses. Cet enfant qui, devant les étrangers, se fait sauvage, est avec moi tendre et fidèle comme un chien. Sa sœur est une Ouled-Naïl qui, chaque hiver, regagne Constantine où elle vend son corps aux passants. Elle est très belle et je souffrais, les premières semaines, que parfois elle passât la nuit près de moi. Mais, un matin, son frère, le petit Ali, nous a surpris couchés ensemble. Il s'est montré fort irrité et n'a pas voulu revenir de cinq jours. Pourtant il n'ignore pas comment ni de quoi vit sa sœur ; il en parlait auparavant d'un ton qui n'indiquait aucune gêne... Est-ce donc qu'il était jaloux ? — Du reste, ce farceur en est arrivé à ses fins ; car moitié par ennui, moitié par peur de perdre Ali, depuis cette aventure je n'ai plus retenu cette fille. Elle ne s'en est pas fâchée ; mais chaque fois que je la rencontre, elle rit et plaisante de ce que je lui préfère l'enfant. Elle prétend que c'est lui qui surtout me retient ici. Peut-être a-t-elle un peu raison...

DU MÊME AUTEUR

Aux Éditions Gallimard

Poésie

LES CAHIERS ET LES POÉSIES D'ANDRÉ WAL-
TER.

AMYNTAS.

Soties

LES CAVES DU VATICAN.

LE PROMÉTHÉE MAL ENCHAÎNÉ.

PALUDES.

Récits

ISABELLE.

LA SYMPHONIE PASTORALE.

L'ÉCOLE DES FEMMES, *suivi de* ROBERT *et de*
GENEVIÈVE.

THÉSÉE.

Roman

LES FAUX-MONNAYEURS.

Divers

LE VOYAGE D'URIEN.

LE RETOUR DE L'ENFANT PRODIGUE.

SI LE GRAIN NE MEURT.

VOYAGE AU CONGO.

LE RETOUR DU TCHAD.

MORCEAUX CHOISIS.

CORYDON.

INCIDENCES.

DIVERS.

JOURNAL DES FAUX-MONNAYEURS.

RETOUR DE L'U.R.S.S.

RETOUCHES À MON RETOUR DE L'U.R.S.S.

PAGES DE JOURNAL 1929-1932.

NOUVELLES PAGES DE JOURNAL.

DÉCOUVRONS HENRI MICHAUX.

JOURNAL 1939-1942.

JOURNAL 1942-1949.

INTERVIEWS IMAGINAIRES.

AINSI SOIT-IL ou LES JEUX SONT FAITS.

LITTÉRATURE ENGAGÉE *(Textes réunis et présentés par Yvonne Davet).*

ŒUVRES COMPLÈTES *(15 vol.).*

DOSTOÏEVSKI.

NE JUGEZ PAS (Souvenirs de la cour d'assises, L'affaire Redureau, La séquestrée de Poitiers).

Théâtre

THÉÂTRE (Saül, Le roi Candaule, Œdipe, Perséphone, Le treizième arbre).

LES CAVES DU VATICAN, *farce d'après la sotie du même auteur.*

LE PROCÈS, *en collaboration avec J.-L. Barrault, d'après le roman de Kafka.*

Correspondance

CORRESPONDANCE AVEC FRANCIS JAMMES (1893-1938). *(Préface et notes de Robert Mallet.)*

Impression Bussière à Saint-Amand (Cher),
le 24 juillet 1992.
Dépôt légal : juillet 1992.
1ᵉʳ dépôt légal dans la collection : novembre 1972.
Numéro d'imprimeur : 2092.

ISBN 2-07-036229-9./Imprimé en France.
Précédemment publié par Mercure de France.
ISBN 2-7152-0009-9.

*   *   *

57245